Chuta que é Carma!

Vanessa Bosso

astral cultural

PROJETO GRÁFICO DO MIOLO: Aline Santos

FOTO DA AUTORA: divulgação Amazon

Bosso, Vanessa
Chuta que é carma! / Vanessa Bosso. – Bauru-SP : Astral Cultural, 2016.

ISBN: 978-85-8246-344-4
1. Ficção brasileira I. Título

Índice para catálogo sistemático:
1. Ficção : Literatura brasileira 869.93

Impressão: PROL Gráfica
Miolo em papel Offset Lux Cream 90g
Capa em papel Cartão Ningbo 300g

astral cultural
EDITORA ALTO ASTRAL
Rua Gustavo Maciel, 19-26, Bauru, SP, CEP 17012-110
Telefone: (14) 3235-3878 / Fax: (14) 3235-3879
contato@astralcultural.com.br

À PATTY TRIGO, MINHA IRMÃ DE JORNADA.
VOCÊ É A ALMA DESTA HISTÓRIA.

AOS MEUS PAIS, MEU IRMÃO E MINHA FILHA, GRANDES INCENTIVADORES DESTA AVENTURA.

A TODOS OS CARMAS DA MINHA VIDA, POIS SEM ELES ESTE LIVRO NUNCA EXISTIRIA.

AOS LEITORES NOVOS E ANTIGOS, AMIGOS, PARCEIROS, FAMÍLIA. DIVIRTAM-SE MUITO NESTE ENREDO LOUCO.

E, PARA FINALIZAR, AGRADEÇO PELO DHARMA DA ESCRITA. SEM ESSE DOM EU JAMAIS ME AUTOCONHECERIA.

1

A DEFINIÇÃO DE "CARMA", SEGUNDO O DICIONÁRIO E AS RELIGIÕES BUDISTA E HINDUÍSTA, TRATA DA LEI DE CAUSA E EFEITO, TIPO A LEI DE NEWTON, QUE OPERA TANTO NO PLANO FÍSICO COMO NO MORAL.

Na minha interpretação, carma é uma merda inventada pelo demônio a fim de destruir o mundo cor-de-rosa das pessoas de bem, trazendo suas sombras à tona e também seus piores medos e segredos.

Ainda segundo meu conceito masoquista, carma é a bagagem do mal que trazemos de outras encarnações. Como a vida é cíclica, tudo o que vai costuma voltar na mesma medida, muitas vezes até intensificado, dependendo do tamanho da besteira que você aprontou.

O chato da história é que você, eu e todo mundo nascemos sem memória e não nos lembramos das imbecilidades protagonizadas ao longo da roda das encarnações. Como podemos ser responsáveis por atos cármicos se somos um bando de desmemoriados? Como ser punidos por coisas que aconteceram lá longe na linha do tempo?

O fato é que cada um de nós é jogado nesse pálido planetinha azul sem manual de conduta, plano de evacuação ou qualquer mapa do tesouro que nos mostre exatamente onde está o X da questão.

Assim fica difícil, não?

Para facilitar um pouco a nossa vida, existem ferramentas "confiáveis" como mapas cármicos, quiromancia, tarô, macumba, mesa radiônica e uma porrada de parafernálias de outro mundo. Já tentei de tudo, mas nada parece funcionar comigo.

Meu lance com essa tal entidade chamada carma começou cedo, talvez ainda na barriga de mammys. Segundo consta dos anais da família, mamãe escorregou numa casca de banana – eu sei, é ridículo – e deu com o barrigão na pia da cozinha, acelerando de forma trágica o meu nascimento.

Ok, o trágico é por minha conta e risco, já que eu estava com oito meses e meio de gestação. Mas algo lá no fundo conta que o carma se instalou nesse incidente.

Só para constar, tenho ódio de bananas e dos anais da família.

Desde que nasci, as coisas parecem dar errado, principalmente no quesito relacionamentos amorosos. Meu anjo cupido é um baita sem noção, e essa, sem sombra de dúvida, é a grande frustração da minha existência.

Certa vez fui a uma vidente que categorizou todos os meus relacionamentos passados como carmas necessários para o crescimento espiritual dos envolvidos. Me atirei de cabeça em namoros sem futuro, me ferrei legal, e ela teve a coragem de dizer que isso tudo foi bom para mim? Qual é?!

Tudo é carma hoje em dia. Se o seu cartão de crédito estourou, coloque a culpa nessa entidade. Se você foi traída, logicamente o carma teve participação nessa história. Se você destruiu a vida de alguém, provavelmente essa pessoa teve culpa no cartório numa outra vida.

Sacaram o drama?

No meio desse turbilhão, cá estou eu, cabisbaixa, sofrendo horrores por um homem que não me merece. Sei disso desde sempre, mas demorei tempo demais para terminar essa história do mal.

Como sou burra quando o assunto está ligado ao coração, eis que, depois de dar um pé na bunda daquele imbecil, esqueci de pegar as chaves do meu apartamento e ele roubou tudo o que eu tinha antes de partir para o quinto dos infernos.

Ah, seu carma desgraçado!

2

SENTADA NO CHÃO FRIO DA SACADA DO MEU APÊ COMPLETAMENTE PELADO, JÁ QUE TUDO O QUE EU TINHA FOI ROUBADO, DOU RISADA DE MIM MESMA. ODEIO SER TÃO INGÊNUA QUANDO O ASSUNTO É HOMEM E TENHO A IMPRESSÃO DE QUE NÃO SOU UMA MULHER FEITA, MAS SIM UMA CRIANÇA EMOCIONALMENTE DESPREPARADA PARA UM CASO DE AMOR ADULTO.

Talvez seja esse o motivo de tantas humilhações, traições e enroscos com finais bem tenebrosos. Meus amigos me alertaram sobre o filho da mãe do Rogério, mas, como sempre, só ouvi a voz da minha sexualidade latente e do meu coração pulsante, doido por amar e ser amado.

É crime desejar o amor?

Onde amarrei o meu carma? Por que sempre atraio homens que a princípio parecem o príncipe encantado e, logo na sequência, me ferram de formas inusitadas e muito criativas?

Respiro fundo e vasculho o céu noturno de São Paulo atrás de um pontinho brilhante, qualquer coisa que se pareça com uma estrela. O que vejo são luzes de helicópteros e aviões que desfilam de forma antinatural em meio à poluição.

Como posso fazer um pedido aos céus se nem a lua se apresenta para dizer um olá? Dizem que a lua é o satélite dos amantes, dos pedidos femininos, a guardiã do amor. Pelo visto, morar em São Paulo é meu carma neste momento.

Um clarão se dá em meus pensamentos sombrios. Apesar de Rogério ter levado praticamente tudo, minha conta bancária continua intacta. E eu tenho uma poupança bacana. E eu quero muito sumir daqui.

Com um suspiro cansado, passo a mão no celular e ligo para a minha best friend forever, minha guru, minha estrela-guia, a mulher com quem eu casaria se fosse macho, uma irmã de alma e de altos tombos no quesito amoroso da coisa. Assim como eu, ela tem um carma de merda.

– Patty, sou eu – digo, apressadamente.

– Meu Deus. Achei que tivesse desencarnado. Pensei até em pedir uma sessão no centro espírita para tentar contato – ela debocha. – Como você está?

– Um lixo. O foda é ficar chorando e me lamentando por um merda.

– Então pare agora. Aquele filho da puta não merece uma lágrima sua. Não merece pisar o mesmo chão que o seu. Não merece viver, mas eu quero que ele viva muito e sofra o inferno na Terra. Eu quero o sangue dele! – Não a vejo, mas sei que deve estar trincando os dentes de raiva como toda melhor amiga deve fazer em casos como esse.

– Ele vai pagar por tudo, fique tranquila. Essa é a parte boa do carma. – Sorrio, vingativa.

– Quer saber? Sua felicidade vai ser a grande vingança.

3

FIQUEI COM ROGÉRIO POUCO MAIS DE TRÊS ANOS. NO INÍCIO, TUDO LINDO, FOFO, ROMÂNTICO. ELE ERA GENTIL, PAGAVA AS CONTAS NO RESTAURANTE, FAZIA QUESTÃO DE ABRIR A PORTA DO CARRO, ME ELOGIAVA A CADA CINCO SEGUNDOS.

Eu acreditava finalmente ter encontrado o cara para todo o sempre. Rá, que imbecil ingênua! O babaca queria me conquistar e fez de tudo para isso. Quando eu estava no papo e ele dentro do meu apê, a máscara de bonzinho caiu.

E o que eu vi, embasbacada, foi um homem frio, mesquinho, egoísta, pequeno. Eu teimava que não poderia ser verdade, fechava os olhos, desviava de forma astuta das balas que ele atirava com o único intuito de me acertar, de me ferir. Acredito que ele seja sádico.

Para suportar tamanha dor, me cerquei de arames farpados, muros altos, sentinelas que dormiam com um dos olhos abertos. Passei a ignorá-lo, assim não sofreria tanto com as ironias, críticas e deboches descarados. O filho da mãe dizia me amar. E eu, carente e trouxa, acreditava nessa baboseira. Ou fingia acreditar, ainda não sei dizer.

Todos me alertaram. Patty, inclusive, disse que iria me interditar se eu não tomasse uma atitude. Mas cadê a coragem? E o medão de ficar sozinha? De nunca mais encontrar alguém para dividir a vida? Eu sei, antes só do que mal acompanhada, mas na vida real essa máxima é difícil de aplicar.

Resumindo a merda toda, eu demorei tempo demais para meter-lhe um pé na bunda e agora estou sofrendo as consequências. Minha mente está um caos, meu emocional, em frangalhos e meu espírito resolveu dar as costas, tipo assim, "se vira, minha filha, quem mandou ser idiota?" Que carma foi esse eu ainda não entendi, mas foi um troço do capeta.

Devo ter dançado funk aos pés da cruz, só pode!

Voltando ao mundo real e nada colorido, Patty solta um grito extasiado do outro lado da linha quando faço uma proposta irrecusável. Ela começa a fazer planos, traçar roteiros, tudo isso sem parar para respirar.

– Patty, o que acha de um cruzeiro pelo Caribe? – interrompo suas divagações.

– Gata, estamos em sintonia! Era o que eu iria propor se você não aceitasse uma viagem terrorista pelo Afeganistão!

– Tenho grana suficiente para umas duas semanas – aviso.

– É o que eu devo ter guardado também.

– Você não ia trocar de carro? – questiono.

– Foda-se o carro! Você é mais importante. Nós somos mais importantes.

– Te amo, Patty.

– Também te amo, Clara.

4

CLARA É O MEU NOME, MAS ME SINTO ESCURA COMO A NOITE MAIS AMEAÇADORA. DIZEM OS ESTUDIOSOS DE PLANTÃO QUE O UNIVERSO É DUAL E QUE TUDO SEMPRE POSSUI DOIS LADOS. COM CEM POR CENTO DE CERTEZA, ESTOU VIVENDO MEU LADO SOMBRA, AQUELA FACE TRANSTORNADA QUE TENTAMOS ESCONDER DE TODOS, PRINCIPALMENTE DE NÓS MESMOS.

Minha sombra está puta da vida e querendo quebrar alguma coisa. O triste é que não sobrou nadinha nesse apartamento para ser jogado contra a parede. Bem, pelo menos sobraram as paredes.

Ah, também sobrou o espelho de corpo inteiro, bem preso à porta do quarto. É através dele que vejo minha imagem refletida e começo a pensar que as relações humanas são bem assim, como espelhos.

Acredito que todos os defeitos que enxergamos no outro e que nos incomodam são apenas um reflexo de nós mesmos, em maior ou menor grau. Talvez o segredo seja encarar essa face sombria e transcendê-la. Ou, então, abraçar de vez o capeta e sair por aí num dia de fúria.

Ainda divagando, dou uma geral no visual. Uma das únicas roupas que restaram é o vestido colado ao corpo, mas não de maneira sensual. É algo mais comportado. O famoso pretinho básico.

O cabelo castanho e ondulado nas pontas está preso por um coque malfeito, num estilo mais casual. A maquiagem está borrada, obviamente, e eu vou alisando a pele com um lenço umedecido que encontrei na gaveta do banheiro.

Bolsas arroxeadas deixam meus olhos esverdeados pequeninos, e o brilho no olhar é de pura tristeza, talvez até um ódio latente que teimo em não alimentar. As lágrimas cessaram por enquanto.

Enquanto Patty não chega, deixo os saltos de lado e caminho pelo apartamento vazio. Faz uma semana que aquele desgraçado se mandou e levou tudo com ele, incluindo minha alma no pacote. Sério, não a sinto por perto e tenho a estranha sensação de que sou um corpo oco, sem vida, sem mais nada a fazer por essas bandas.

Por isso a ideia da viagem. Tenho que me afastar disso tudo, colocar a cabeça em ordem, reencontrar minha alma perdida no limbo e retomar a vida da melhor forma que conseguir.

Tenho férias vencidas, e Patty também. Temos dindin no banco. Somos aventureiras até dizer basta e, juntas, podemos gerar um terremoto em qualquer lugar do mundo só com o poder do pensamento.

A campainha soa, e, como profetizei, as lágrimas saltam das vistas sem controle. Me arrasto até a porta e giro a chave, quase sem forças para qualquer outra ação ou reação.

Quando a morena, alta, gata e muito sensual adentra o meu humilhante apê, imediatamente sou tragada num abraço apertado, desses que nos trazem a energia tão necessária. Ela diz que tudo ficará bem, que tudo passa nesta vida.

Sei disso. Sou PhD em recomeços.

5

PEDIMOS COMIDA CHINESA E ESTAMOS JOGADAS NO CHÃO DA SALA, SEM SOFÁ, SEM ALMOFADAS, SEM NADA PARA CONTAR A HISTÓRIA DE TEMPOS PASSADOS. SERIA CÔMICO SE NÃO FOSSE TÃO TRÁGICO E DEGRADANTE.

Patty arremata um coque no alto da cabeça. O cabelo negro e ultraliso não se fixa por tempo suficiente e cai para todos os lados. Me encara com aqueles olhos grandes de cor indefinida quando resolvo mudar o destino da nossa viagem.

– Machu Picchu? Peru? – Ela parece chocada.

– Tem tudo a ver com o momento, Patty. Uma viagem espiritual – explico, mordendo um gorduroso rolinho primavera. – Não estou no pique de um cruzeiro, não quero oba-oba por enquanto. Mas, se Machu Picchu em algum momento se mostrar uma péssima ideia, podemos zarpar para o Caribe de lá mesmo.

– Hum. – Imediatamente sua expressão muda. – Quer saber? Gosto demais da ideia de uma viagem espiritual. E vou curtir ainda mais se depois dessa coisa zen nós partirmos para um cruzeiro bem ao nosso estilo.

– Eu topo qualquer coisa depois de me reencontrar. – Meu tom é lamentoso, e o coração partido fica evidente quando levo a mão ao peito, só para sentir que o órgão ainda está vivo e latejante.

– Certo, vamos montar um roteiro – ela arremata, sem maiores discussões.

Em meio a caixinhas de comida chinesa, Patty abre o laptop e começa a vasculhar roteiros de viagem. É tudo muito básico, tradicional. Não é bem isso que eu quero, mas nem assim desistimos.

– Deve haver algo diferente por aqui. – Patty rola a página vagarosamente, lendo em voz alta tudo o que encontra.

– Que tal este? – Aponto para uma agência de turismo na busca do Google. A descrição promete uma viagem mística a Machu Picchu.

Patty abre o site e nós nos encaramos, deslumbradas. A proposta foge totalmente dos básicos roteiros turísticos, e eu sinto uma vibração positiva, como um sinal verde. Fica difícil ignorar minha intuição nesse momento, afinal ela praticamente berra: "É esse! É esse, nega!".

– O que o seu coração diz a respeito disso? – Patty interpela e aguarda.

– O coração está fechado para balanço, mas minha intuição curtiu a parada.

– Certo. – Patty me lança uma piscadela e saca o cartão de crédito da bolsa. – Machu Picchu Místico, aí vamos nós!

6

COMPREI ROUPAS NOVAS E UMA MALA GIGANTE. MEU CARTÃO DE CRÉDITO CHIOU, MAS NÃO ESTOU NEM AÍ. SEI QUE DEVERIA ESTAR PREOCUPADA COM A COMPRA DE MÓVEIS NOVOS PARA O MEU APÊ, MAS, DE VERDADE, NÃO QUERO PENSAR NISSO AGORA.

Tudo pode acontecer. Um tiro de fuzil à queima-roupa. Um piano caindo do décimo andar sobre a minha cabeça oca. Um carro desgovernado invadindo a calçada e me acertando em cheio. O avião para Machu Picchu despencando sobre o Vale Nevado e algum maluco colocando meu corpo para assar.

Ou seja, pensarei em móveis novos quando voltar viva dessa viagem.

Não que eu esteja chutando o futuro, mas, no momento, só o presente me importa. Não sei o que será do dia de amanhã, e se ficar protelando e planejando demais não saio do lugar.

O aeroporto está atulhado de pessoas, mas sinto a solidão se aninhando em meu colo, relembrando-me a cada cinco segundos de que não tenho mais um parceiro. Para zoar ainda mais a minha cabeça, essa tal de solidão não para de sussurrar merdas em meus ouvidos, dizendo que vou ficar para titia. E o foda é que nem tenho tia.

Patty está animadíssima com as possibilidades. Pela milésima vez, checa o itinerário. O avião está no horário, e minha best friend não para de falar sobre o roteiro e tudo o que faremos assim que pisarmos em solo peruano.

Já eu, estou fora de combate. É impossível esquecer o que aquele filho da puta do Rogério fez, mesmo assim vou cortando os pensamentos vingativos pela raiz. Só quero chutar esse carma para bem longe e reconstruir a minha vida.

Não estou empolgada, e o contrário seria estranho. Como poderia? Não suporto ser uma idiota e não compreendo que tipo de lição preciso aprender com o ocorrido. Como que lendo minha mente caótica, Patty muda o rumo do assunto e manda um tiro de Magnum 500 bem no meio das minhas fuças:

– Você precisa aprender a se valorizar.

– Pare de ler a minha mente – bufo.

– Impossível. Você é transparente como vidro.

– E posso ser cortante também – alfineto.

– Esse seu mau humor tá de lascar, hein?! – Patty me encara seriamente. – Gata, você precisa mudar essa vibração. Dentro de minutos estaremos a caminho de uma viagem espiritual, como você mesma sugeriu. Se continuar desse jeito, só vai atrair desgraças pelo caminho. Largue esse carma pra lá, não deixe sua mente dominar a área.

– Está difícil. Parece que vou enlouquecer. – Levo as mãos à cabeça, temendo por minha sanidade.

– É só uma fase, você sabe disso.

– Por que não escutei você? Por que não dei um pé na bunda daquele imbecil antes? – questiono, lamentosa.

– Porque você precisava passar por essa experiência ruim. Os motivos? Um dia tudo vai ficar claro e você vai entender a lição. Quantas vezes já falamos sobre isso? Quinhentas mil? Você sabe que eu adoro falar. Não vai ser problema algum relembrar o assunto mais uma vez.

– Nunca mais confio em homem – lanço, entredentes. – Nunca mais, Patty.

– Nunca diga nunca. E quer saber? Prefiro ser enganada mil vezes a deixar de confiar no ser humano. Do contrário, a vida não faz o menor sentido. Estamos aqui neste planeta para aprender, e somente os relacionamentos humanos são capazes de nos ensinar.

– Você deveria raspar a cabeça e sair pelo mundo pregando a paz e o amor – ironizo.

– Duvido que você tenha perdido a fé no amor. – Patty toma minhas mãos frias entre as suas e me encara, preocupada. – Não deixe isso acontecer. Pense que os tropeços são inevitáveis e te preparam para algo muito, muito melhor. Ontem li uma frase que diz o seguinte: "O sofrimento é o intervalo entre duas felicidades".

– Hum, seria lindo se não fosse trágico – desdenho, carrancuda.

– Gata, vá por mim. Eu sei que você vai ser muito feliz. Se ainda não aconteceu, é porque o momento certo não chegou. Um dia nós vamos olhar para trás e dar boas gargalhadas, te garanto.

Nesse instante, ouvimos o chamado para o embarque. Enxugo uma lágrima que teimou em se desprender e jogo a bolsa sobre o ombro. Meus olhos correm ao redor e eu me assusto ao notar que tudo parece monocromático, sem vida. O mundo perdeu a cor ou meus olhos perderam o brilho?

Patty tem razão: não posso perder a fé.

Sem amor, a vida não vale a pena.

7

IMAGINEI ERRONEAMENTE QUE, AOS TRINTA E CINCO ANOS, ESTARIA CASADA, TERIA FILHOS, UMA CARREIRA CONSOLIDADA E UMA VIDA DE PROPAGANDA DE MARGARINA. COMPREI ESSA IDEIA DE FAMÍLIA PERFEITA E ME SINTO UMA DERROTADA POR NÃO TER CONQUISTADO NADA ALÉM DA CARREIRA E DE UM APÊ FINANCIADO.

Ok, dei foco nisso, mas estou longe da vida que gostaria de ter.

Vejo famílias se acomodando nas poltronas do avião e sinto inveja. Novamente, Patty resolve ler meus pensamentos e noto que prepara um discurso desses que me deixam envergonhada:

– Não sinta inveja. Você não sabe o que ocorre entre quatro paredes. Famílias perfeitas costumam ser só de fachada, Clara. A vida de contos de fadas que você deseja não existe.

– Você disse que eu precisava ter fé – rebato.

– Sim, fé no amor. Só ele é capaz de eliminar os problemas do dia a dia com sabedoria. Só através do amor você vai ter uma vida plena. Mas não se engane: não vai ser uma vida perfeita.

– Sei disso. – Baixo os olhos e miro minhas botas. – Não quero uma vida perfeitinha. Só quero um homem em quem possa confiar cem por cento.

– Isso também não existe, é uma ilusão. Não é possível controlar tudo.

– Cara, você não deveria ser advogada. Tinha que ser psicóloga.

– Vou tomar isso como um elogio. – Ela pega duas taças de champanhe das mãos da aeromoça. – Que tal brindarmos a uma vida de verdade? Uma vida que faça sentido?

– Que tal brindarmos aos homens maduros que ainda existem por aí? – Levanto a taça e questiono: – Eles existem, não é?

– Claro que sim. – Patty sorri e nós brindamos a isso.

Beberico da taça e sinto as bolhas douradas fazendo cócegas no meu nariz arrebitado. Miro a pequena janela lateral e o avião começa a taxiar, iniciando os procedimentos para a decolagem.

Patty pousa a mão na minha coxa e eu olho para ela com profundidade. Penso que não estou solitária, afinal. Quem tem amigos de verdade nunca está sozinho. Sorrio e ela retribui, como se compreendesse o que estou sentindo.

– Seremos felizes, não é? – pergunto, com vontade de chorar.

– Definitivamente.

8

A VIDA AMOROSA DE PATTY É TÃO TRÁGICA QUANTO A MINHA. COM TRINTA E OITO ANOS, TEVE VÁRIOS RELACIONAMENTOS TURBULENTOS, E HÁ DOIS SAIU DE UM CASAMENTO DE MERDA COM UM CARA QUE NÃO VALE NADA.

Maurício é do tipo arrogante, narcisista, egocêntrico, autoritário, traidor... um tremendo de um babaca. Após quatro anos engolindo em seco, Patty perdeu o controle e arrebentou uma cadeira nas costas dele. Eu bati palmas, mas o juiz não achou nada legal.

O final da história foi entediante e nada justo. Além de pagar um ano de pensão para aquele filho da puta, ela foi obrigada a vender tudo o que tinha para dividir com o imbecil. A herança dos pais dela, poxa! O cara entrou sem nada no casamento e saiu numa boa, cheio da grana.

Cadê a lei do retorno?

Sei que essa lei vai se cumprir no seu devido tempo. Não se pode fugir do carma, e o que é do Maurício está guardado. Eu adoraria fazer justiça com as próprias mãos, mas Patty vive dizendo que a vingança nunca é plena. O lance é aguardar e assistir de camarote a derrocada.

Bem, soubemos que Maurício se meteu com uma vadia dessas do tipo chave de cadeia. Ele deu casa, carro, viagens, joias e uma vida de dondoca para a fulana. De acordo com os amigos em comum, a mulher já meteu vários pares de chifre naquela cabeça de fios prateados, e, pelo que dizem, ele está endividado, mas mantém a pose tomando empréstimos e mais empréstimos em bancos.

Se é verdade eu não sei, mas, se for: toma essa, seu otário!

A vida é dura, mas tem momentos em que a gente se diverte.

Patty vive me censurando por eu comemorar a lei do retorno. Ah, qual é. Gosto de ver a justiça divina tomando forma, arrebentando os babacas de plantão. Lava a alma, sabe como é? Comemoro mesmo, sem dó nem piedade.

Olho para o lado e Patty está entretida com uma comédia romântica, rindo de se matar, como se nada fosse capaz de abalar sua fé no amor e em dias melhores. Essa doida é alguém em quem vale a pena se espelhar.

– Gata, você precisa ler este livro. É hilário – ela comenta, sem tirar os olhos da página.

– Preciso evitar a fadiga – digo, fugindo na cara dura de qualquer coisa que me lembre a falida vida no quesito amoroso.

– Não é esse o caminho – ela marca a página e fecha o livro. – Você não é covarde. Não pode fugir do que a vida preparou para a sua jornada.

– Não estou fugindo – minto.

– Você sabe que não me engana – Patty retruca com aquela cara de "eu sei o que você fez no verão passado". – Aliás, pare de se enganar também, por favor.

– Não estou fazendo isso.

– Está sim – ela rebate, duramente. – Você adora se enganar, parece curtir ficar se iludindo. As desilusões servem para te colocar no trilho e sempre chegam carregadas de sofrimento. Aí eu pergunto: vale a pena viver de ilusão?

– Puta merda, você sempre tem a frase certa na ponta da língua. Isso é jogo sujo.

– Discutir comigo é isso aí. Não se acostumou ainda?

Enfim, minha best friend é uma advogada competente... O que eu poderia esperar? Ela sempre vence as discussões com seus argumentos imbatíveis e irritantemente bem embasados e coerentes.

– Como você consegue? – solto o questionamento no ar.

– Consigo o quê?

– Se manter inabalável.

– Fachada, gata. Você sabe que eu sou sensível e que sofro até demais. Mas eu escolho para quem transparecer isso. Não é qualquer um que está apto a lidar comigo e minhas cargas emocionais. Talvez você seja a única em quem eu confie para dividir as mazelas da vida. Aliás, nós deveríamos nos casar. Eu te deixo ter um amante e você idem. Topa?

Dou uma sonora gargalhada no silencioso avião. As pessoas procuram ao redor e não consigo me controlar. Patty avisa aos mais próximos que sou louca assim mesmo e o Gardenal já está à mão.

– Não seria má ideia. – Finalmente reassumo o controle, retesando os lábios para segurar o riso.

– Pense nisso com carinho. Somos perfeitas uma para a outra.

– Eu não sei o que seria da minha vida sem você – digo, deitando a cabeça em seu ombro.

– Nem eu, gata. Nem eu.

9

APÓS UM COCHILO RÁPIDO, ACORDO SOBRE VALES NEVADOS. A PAISAGEM É BRANCA, PÁLIDA, LINDA DE SE VER. NUNCA TINHA VISTO A NEVE ANTES, E O CENÁRIO CAUSA UM EFEITO BENÉFICO, TRANQUILIZADOR.

Sem qualquer aviso, a imagem de Rogério me vem à mente e eu trinco os dentes, numa raiva incontida. Odeio me sentir assim. Não suporto a ideia de nutrir sentimentos tão toscos e decadentes dentro de mim.

Patty toca minhas mãos e só então me dou conta de que estou com os punhos cerrados também. Imediatamente relaxo e nós nos encaramos sob a fraca luz da aeronave. Como sempre, ela sabe o que está se passando.

– Isso só faz mal a você. É tipo tomar veneno esperando que o outro morra – ela afirma, de forma serena.

– Eu sei disso, mas a raiva é incontrolável, e os pensamentos também.

– Tome as rédeas da sua mente. Só você pode. – Patty olha para mim carinhosamente.

– Não é tarefa fácil. Meu cérebro está contra mim.

– Isso é o seu ego falando. Mande essa entidade do capeta para bem longe e faça a mente calar a boca.

– Eu odeio esse tal de ego. Só serve para encher o saco. – Meu tom é carregado de rancor. – Será que meditação ajuda?

– Isso nós vamos descobrir em Machu Picchu.

De acordo com o roteiro místico que fechamos, vamos passar algumas horas num local preparado para práticas meditativas. Pela foto, vimos que o lugar é alto e é possível ter uma visão geral da pedregosa cidade de Machu Picchu.

Até aí, tudo muito incrível, se não fosse o fato de a minha hiperatividade cerebral não colaborar. Acredito que nunca tenha conseguido efetivamente relaxar nesta vida, e os nós em meus ombros berram isso dolorosamente.

Antes que eu entre em um embate mental, o aviso sonoro afirma que estamos iniciando o procedimento de descida na cidade de Lima. Faremos um city tour e amanhã vamos seguir de avião para Cuzco.

E que a reforma íntima tenha início.

10

OUVI O TERMO "REFORMA ÍNTIMA" NUM CENTRO ESPÍRITA. PELO QUE ENTENDI, É UM PROCESSO DE RENASCIMENTO PELO QUAL OS SERES HUMANOS NECESSITAM TRANSITAR EM ALGUM MOMENTO DA VIDA. SEJA POR UMA PERDA, UM LUTO, UMA TRAGÉDIA PESSOAL... RAROS SÃO OS CASOS EM QUE ESSA REFORMA NÃO PRECISA OCORRER.

Sinto que meu momento chegou. Não posso mais ser uma cretina, não quero mais atrair relacionamentos tóxicos e destrutivos. Só quero o que for saudável e verdadeiro.

A bordo do táxi, sob uma Lima cinzenta e levemente chuvosa, tomamos o rumo do hotel. Resolvo dar voz ao conflito do momento e sei que Patty vai ter algo sábio para dizer.

– Ainda não sei exatamente o que quero, mas sei bem o que não quero – afirmo, arrematando com um suspiro triste.

– Já é meio caminho andado.

– Tenho medo de ficar sozinha, Patty. E se eu não der conta?

– Você está sozinha há duas semanas e continua respirando. É claro que vai dar conta – ela rebate, me lançando uma piscadela. – Estou sozinha há dois anos e não morri.

– Você não tem medo de terminar os dias sozinha?

– Clara, ninguém dorme o seu sono. Ninguém luta suas batalhas. Ninguém vive dentro de você além de você mesma.

– Será que existe alguém feito especialmente para nós? – indago, com ares sonhadores.

– Acho que tudo tem a ver com mérito e nível de evolução.

– Está falando de dharma? – Ergo as sobrancelhas, esperançosa.

– Sim, o contrário daquela coisa muito chata chamada carma.

– Nunca fui apresentada ao dharma. Eu realmente acho que dancei funk aos pés da cruz ou coisa pior – lamento.

– Pare de se colocar no papel de vítima da situação. Isso não leva a nada. Assuma suas responsabilidades e reescreva a sua vida da forma que achar mais proveitosa. Você é a protagonista e a caneta está em suas mãos.

– Está falando de lei da atração? Você acha mesmo que nós podemos criar a vida que desejamos?

– Fazemos isso todo santo dia. Tudo é questão de escolha – Patty afirma, com o semblante cheio de sabedoria e verdade.

– E os carmas nessa história?

– O carma é inevitável, mas a forma como você lida com ele é o que determina o desfecho. Sacou, gata?

– Viver é confuso. – Faço uma careta.

– Viver é simples. Nós que complicamos demais.

11

CHECK IN FEITO. DEIXO A BAGAGEM NO PEQUENO QUARTO E DOU UMA GERAL NO VISUAL ANTES DE VOLTAR AO LOBBY DO HOTEL. O CITY TOUR ESTÁ MARCADO PARA AS DUAS DA TARDE, E SÓ VAI DAR TEMPO PARA UM LANCHE RÁPIDO.

Não me sinto nem um pouco diferente desde que saí de São Paulo. Não adianta: por mais que você mude de ares, leva sua cabeça junto. Talvez eu deva pensar num transplante de cérebro. Ou de coração. Ou os dois.

Tranco a porta e me encaminho para os elevadores. A impaciência é minha marca registrada, e, quando noto, estou apertando o mesmo botão quinhentas vezes. Clara, sua estúpida, o elevador não vai subir mais rápido só por conta disso.

Enfio as mãos nos bolsos do jeans e seguro a ansiedade com rédea curta. Bato um dos pés de forma cadenciada e irritante até para mim. Paro de bater o pé. Só que agora balanço o corpo para a frente e para trás. Atenta ao fato, seguro o corpo no lugar.

Ouço minha respiração rápida e inconstante. Sinto as batidas frenéticas do meu coração. Há algo queimando em meu estômago, e eu detecto angústia, apreensão, raiva e impotência.

Se continuar assim, é óbvio que vou ficar doente.

Não sinto fome, mas sei que preciso comer. Não sinto mais amor pela vida, mas sei que preciso viver por algum motivo desconhecido. Será que a alegria vai voltar a reinar? Vou ser capaz de dar a volta por cima?

As portas do elevador se abrem e eu entro, jurando firmemente que encontrarei um jeito, uma motivação, qualquer coisa que me tire desse estado vegetativo e nada divertido.

Um bonitão engravatado me dá uma geral de cima a baixo e eu olho para os lados, só para ter certeza de que a coisa é comigo. Bem, não tem ninguém no elevador além de nós dois.

Sendo assim, lanço um sorriso discreto e baixo a cabeça, numa timidez estranha para mim. O engravatado pigarreia para chamar a atenção, mas não há mais tempo. As portas do elevador se abrem e eu resolvo fugir com passos apressados, sem nem um último olhar ou despedida.

Céus, sou uma solteirona em fuga!

Apesar do ridículo da situação, resolvo esquecer o lance do elevador e nem menciono o fato para Patty. Aliás, vejo minha amiga no lobby, a uma curta distância, apontando de forma frenética para o relógio de pulso.

Entendo a mensagem e apresso o passo, pois temos menos de uma hora para forrar o estômago e partir para o city tour. Tão logo a alcanço, seguimos para o restaurante do hotel. Pedimos coquetéis coloridos e sandubas.

Num determinado momento da conversa, me lembro que fugi de um engravatado bonitão e começo a temer pelo futuro. E se eu não conseguir mais encarar um relacionamento? Isso seria um game over emocional?

– E se a vida tiver acabado? – questiono, já me preparando para um soco.

– Ah, cala a boca! – Não foi um soco, foi mais um choque elétrico. – Você acha mesmo que a sua vida acabou aos trinta e cinco anos? Surtou?

– É, acho que perdi a fé. – Dou de ombros como se nada mais importasse.

– Sim, perdeu. E nós estamos aqui para recuperá-la.

– E se eu não tiver salvação? – interrogo, em tom de provocação.

– Ah, nesse caso, prepare-se. Vou te encher de porrada!

– É por isso que eu te amo – digo, sorrindo.

– E é por isso que eu me amo – Patty se gaba e eu gargalho.

12

A BORDO DE UM ÔNIBUS DE TURISMO, DISPENSO O USO DOS FONES DE OUVIDO COM TRADUÇÃO PARA O PORTUGUÊS. GOSTO DE OUVIR O ESPANHOL E, APESAR DE EMBROMAR NUM PORTUNHOL DESASTROSO, ENTENDO SUPERBEM ESSA LÍNGUA.

Abro a carteira e separo os reais dos soles, a moeda local. O dinheiro é bonitinho, e, como sempre faço quando viajo, guardo a nota de menor valor para a posteridade num bolsinho secreto que já está repleto de notas de outros países. É tipo um talismã que não serve para nada.

De acordo com o guia, vamos conhecer os principais pontos turísticos da capital peruana: Plaza de Armas, Plaza San Martín, Catedral, Parque del Amor, Huaca Huallamarca e o Larcomar, um shopping a céu aberto com vista para o mar.

Checo o semblante de Patty. Seu olhar curioso descortina o cenário do lado de fora do busão. Noto sua empolgação e queria estar me sentindo da mesma maneira, mas a verdade é que continuo em negação, não aceitando a realidade.

– Você tem razão. Estou desiludida, Patty – afirmo, num lamento.

Ela me encara com aquele brilho ferino capaz de atravessar o interlocutor como raio laser. Quando resolve responder ao meu chororô, não usa um tom cortante: é algo entre o doce e o levemente venenoso:

– Nós deveríamos festejar as desilusões, Clara. Elas não são nada mais que a verdade. Não lamente.

– Como você me aguenta, hein? – questiono, num muxoxo.

– Gata, eu sei que um dia vou entrar no céu e passar o resto da eternidade tomando vodca celestial com o Pedrão na Rave do Senhor. Eu mereço.

– Pedrão? O cara do clima? São Pedro? – caio na risada.

– Esse aí. Meu brother, meu camarada.

– Prefiro tequila – retruco.

– Que seja. Se for open bar, tô dentro!

13

LIMA É UMA CIDADE BEM BACANA. FUNDADA OFICIALMENTE POR ESPANHÓIS EM 1535, O TERRITÓRIO FORMADO PELOS VALES DOS RIOS RÍMAC, CHILLÓN E LURÍN FOI OCUPADO PRIMEIRAMENTE POR ASSENTAMENTOS PRÉ-INCAS. VISITAMOS OS PRINCIPAIS PONTOS TURÍSTICOS E COMPRAMOS ALGUMAS BESTEIRINHAS, COMO É DE PRAXE.

Patty me deu umas cotoveladas durante o city tour. Uns bonitinhos, claramente americanos, não tiravam os olhos dos nossos corpitchos. Minha amiga quase fez a besteira de insinuar que estávamos receptivas, mas eu consegui brecá-la antes do apocalipse. Fala sério. Não estou pronta nem para uma piscada. O engravatado do elevador que o diga.

Agora, na suíte do hotel, degustamos vagarosamente um pote de doce de leite. Estamos filosofando, como sempre acontece quando gordices e uma garrafa de vinho invadem a cena.

– Foi um bom começo de viagem – Patty observa, levando mais

uma colherada à boca. – Mas realmente estou começando a ficar preocupada. Você não é de dispensar homem bonito, Clara.

– Não estou no clima ainda.

– Eu entendo. Mas não vá se fechar por tempo indeterminado, combinado?

– Foi carma, eu senti – me defendo, e Patty cai na gargalhada.

– Como pode saber? Você nem deixou os mocinhos se aproximarem! Sério, a cara que você fez quando eles tentaram engatar uma conversa foi hilária. Bom, hilária para mim, porque eles saíram praticamente correndo.

Ah, cara, me sinto péssima. Eu realmente coloquei os americanos pra correr e isso não é nada produtivo. Será que me fechei para todo o sempre? Meu coração congelou?

– Me ajuda, Patty.

– Estou aqui para isso – ela diz e leva mais uma colherada de doce à boca. – Gata, já prevejo que vamos engordar uns bons quilos nessa viagem.

– Espero que valha a pena.

14

ESTAMOS A CAMINHO DE CUZCO, A CAPITAL DO IMPÉRIO INCA. DIZEM QUE É BEM DIFÍCIL RESPIRAR POR LÁ, JÁ QUE A CIDADE FICA A TRÊS MIL E QUATROCENTOS METROS DE ALTITUDE. MAIS SUFOCADA DO QUE ESTOU ME SENTINDO É IMPOSSÍVEL.

O avião viaja na máxima lotação, e, enquanto crianças choram, mães e pais fazem de tudo para que elas calem a boca. Não me estresso. Se eu fosse criança, estaria berrando também.

– Patty, e se eu nunca mais encontrar alguém legal? – murmuro, inconsolável.

– Gata, você nunca encontrou alguém legal. Qual a dificuldade?

Afe, que soco bem dado nas minhas fuças! Por isso sou apaixonada pela minha best friend forever. Ela sempre diz a verdade, e a coisa é carregada de um sarcasmo que abala minhas estruturas. Seu tapão surte efeito e eu a encaro, indignada:

– Você poderia pegar mais leve.

– Não – ela diz, inabalável. – Com você precisa ser na porrada.

Pare de se fazer de vítima da situação. Isso só vai trazer mais motivos para entristecer.

– Mas eu tenho motivos! – rebato.

– Claro que tem. E, quanto mais fundo você cavar, mais motivos vai encontrar. Pare já com isso.

– O que ele tinha na cabeça, hein? Por que foi tão filho da puta comigo? – questiono, baixando o olhar. – Traidor desgraçado.

– A cabeça dos outros é um terreno muito perigoso, Clara. Nem pense em tentar entendê-lo, senão vai acabar louca. O grande lance é sair do vitimismo, assumir suas responsabilidades e seguir de cabeça erguida. O carma acabou, o ciclo se fechou. Aceite isso de uma vez por todas e toque adiante.

– Estou sofrendo com a decisão que tomei. Como posso simplesmente tocar adiante? – choramingo.

– Olha só. Até algumas semanas atrás, o Rogério era o motivo do seu sofrimento. Só que agora você o chutou da sua vida. Ou seja, na minha humilde opinião, o seu sofrimento no presente momento é culpa sua, não dele.

– Como assim? – surto, escandalizada.

– Ele não está mais na sua vida, Clara. Ele não é mais motivo de sofrimento. Já foi, e, na boa, foi tarde demais.

Um tanto zonza depois desse tiro de fuzil, calo a boca e admiro a paisagem nevada do lado de fora da aeronave. Patty tem razão: no presente momento sou a única culpada pelo meu sofrimento. O babaca já era, e tenho que assumir a responsabilidade por aquilo que penso e sinto.

– Quero que ele morra. – Trinco os dentes.

– Sim, nós queremos que ele morra, mas é aí dentro. – Ela aponta para o meu peito, para o meu coração. – Mate-o, Clara. Para sempre.

15

COMO SE MATA UMA PESSOA SEM COMETER ASSASSINATO? NÃO É TAREFA SIMPLES. VOU TER QUE BRIGAR MUITO COMIGO MESMA, TALVEZ POR MESES A FIO. MINHA MENTE SABE QUE ROGÉRIO É UM SALAFRÁRIO, MAS MEU CORAÇÃO NÃO SE CONVENCE FACILMENTE.

Esse embate cansa. Estou me sentindo anestesiada, como se um remédio fodão estivesse correndo pelas minhas veias. A cada cinco segundos preciso relembrar o que aquele imbecil aprontou, só para ter certeza de que não cometi um erro.

– Será que foi tudo mentira? – Meu questionamento reverbera no silêncio do avião.

Patty limpa a garganta e responde, sempre pragmática:

– Nós vivemos uma mentira, Clara. Estamos num palco chamado Terra e atuamos conforme os papéis que assumimos. A vida de verdade acontece do outro lado, você sabe disso.

– Mas nada é de verdade aqui?

– Para viver uma vida de verdade, você precisa se assumir como realmente é. E qual de nós sabe quem realmente é?

– Caraca, essa você mandou bem. – Sempre me impressiono com a sabedoria dela.

– As pessoas representam o tempo todo. Usam máscaras. Levantam muros de proteção. Fogem de si mesmas, evitando a qualquer custo um tempo sozinhas, um estado meditativo. Por consequência, não se conhecem profundamente. Agora, eu te pergunto: como é que essas pessoas podem oferecer a verdade aos outros?

– Você está me deprimindo – choramingo.

– Estou falando besteira?

– Não, você está certa. – Reflito um pouco. – Mas o que nós devemos fazer?

– Hum, boa pergunta. – Ela coloca o cabelo negro atrás das orelhas e se apruma. – Nós temos que buscar a nossa verdade. Depois disso, a felicidade é um estado, é constante. Acho que isso se chama iluminação.

– E depois?

– Bom, talvez a iluminação seja a última fase e a necessidade de voltar para este planeta não exista mais.

– Nós vamos para outro lugar? Adoro Saturno – brinco.

– Não sei a resposta. Quero crer que sim e prefiro Marte. Os homens são de lá.

– Hahahahahahahaha.

Essa Patty é uma figura!

16

POUSAMOS EM CUZCO, A CAPITAL DO IMPÉRIO INCA. SOU FISSURADA EM CULTURAS DESAPARECIDAS SEM MAIORES EXPLICAÇÕES. PATTY E EU JÁ VISITAMOS O EGITO, A ILHA DE PÁSCOA E TAMBÉM AS PIRÂMIDES MAIAS, NO MÉXICO.

– A gente devia planejar a próxima viagem – digo, pescando minha mala descomunal na esteira rolante do aeroporto.

– Acho digno. Sinceramente, alguma coisa me diz que daqui nós vamos direto para o Caribe. – Os olhos de Patty brilham de excitação.

– Só se eu parar com o mimimi.

– Ah, você vai parar. Nem que para isso eu precise te dar um soco.

De posse das bagagens, caminhamos pelo pequeno aeroporto. O clima é quente, e a promessa de um encontro comigo mesma paira no ar. Esse fato ainda me assusta um pouco, mas não deixo a mente divagar.

– E se eu me encontrar e não gostar de mim? – Adoro provocar.

– Ah, cala a boca. – Patty desfere um tapa no meu ombro enquanto procuramos uma placa com nossos nomes. – Olha lá os nossos guias. – Aponta para dois peruanos baixos, vestidos com uniformes do receptivo contratado. – Eles parecem gente boa.

– Parecem sim.

Após as apresentações, seguimos os guias até um carro desses grandes, com seis bancos e milhões de compartimentos para guardar de tudo. De acordo com o cronograma, vamos seguir para o hotel e ficar com o dia livre para explorar o centro de Cuzco. Claro que vamos arrematar o passeio com comprinhas básicas.

Adoro comprinhas!

Não que eu seja compulsiva, mas acho bacana construir a decoração da minha casa com objetos adquiridos em viagens. Gosto de olhar para as coisas e ter certeza de que estou vivendo, não apenas existindo.

– Tô curtindo este lugar. – Patty respira fundo e sorri, observando o mundo fora do carro. – O que aconteceu com os incas, hein? – ela questiona, intrigada.

– Reza a história que os espanhóis mataram todos – digo, incerta. – Mas eu prefiro acreditar na lenda.

– Que seria...? – Patty se interessa.

– Foram embora em naves extraterrestres.

Patty cai na gargalhada, e um dos guias compreende o que acabo de dizer. Ele arregala os olhos e se vira para me encarar, com ares preocupados. Questiona, em espanhol:

– Você acredita nisso?

– Você não? – retruco.

– Bem, as Linhas de Nazca são um indicativo. Talvez seja verdade. – Ele faz uma breve pausa, reflexivo. – Muitas pessoas levam essa lenda a sério.

As Linhas de Nazca, segundo minha pesquisa, escondem um dos maiores mistérios da humanidade. São milhares de quilômetros cobertos de linhas que formam desenhos de animais, de seres humanos e de figuras geométricas.

Os estudiosos não chegam a um consenso, mas, segundo as teorias mais legais, as linhas são calendários astronômicos e pontos de aterrissagem para naves extraterrestres. Ai, que máximo!

Eu devia ter estudado arqueologia, mas todos os caminhos me levaram para o curso de artes plásticas. Gosto demais do que faço, mas nunca é tarde para mudar de vida. Quem sabe um dia?

– Fale um pouco da história de Cuzco – peço. – Aqui era a capital do Império Inca, correto?

O guia faz um movimento com a cabeça, em concordância.

– Cuzco era o centro administrativo e cultural do Império Inca. Estamos a três mil e quatrocentos metros de altura, e a população beira os trezentos mil. A cidade vive basicamente do turismo, mas, como vocês podem notar, muito pouco do que se arrecada é reinvestido aqui.

– É, nós notamos – Patty diz.

– De acordo com a história, Cuzco foi fundada no século XI por Manco Capac. Boa parte da arquitetura inca se perdeu quando a cidade foi invadida pelos espanhóis. Foi um banho de sangue, e os saques levaram muitos dos nossos tesouros para o outro lado do oceano.

– Afe. O ser humano é muito idiota – resmungo.

– Vocês vão notar que a arquitetura é uma mescla do que sobrou da cidade de Cuzco pós-invasão. A maioria das construções mantém a base inca, e o restante é espanhol. Os engenheiros e arquitetos ficam fascinados com o cenário.

– Imagino que sim – Patty concorda.

A partir daí, o guia aponta alguns pontos turísticos enquanto nos encaminhamos para o hotel. As ruas são estreitas e o trânsito é caótico – não pelo excesso de carros, mas pela dificuldade de trafegar.

– Obrigada por ter topado esta viagem. Você é uma santa, Patty.

– Não, gata. Santa é aquela que todo mundo beija e passa a mão. Na boa, não ando pegando ninguém!

– Hahahahahahahaha.

17

Chegando ao hotel, antes mesmo do check in, somos apresentadas a um tal de chá de coca, bem quentinho e revigorante. O guia explica que, por causa da altitude de Cuzco, vamos enfrentar perrengues como enjoo, fadiga, dificuldade para respirar e tontura. Para casos mais sérios, alguns hotéis estão equipados com balões de oxigênio.

– Eu curti a parada. – Olho do chá para Patty.

– Muito bom mesmo – ela concorda e pega uma folha de coca sobre um pratinho disposto na bancada da recepção. – Isto é para mastigar? – Patty pergunta ao guia.

– Sim, é sempre bom levar algumas folhas com você. Se tiver falta de ar ou de energia, mastigue devagar, e pode engolir – ele responde, solícito. – Bem, agora vou deixar vocês descansarem. Amanhã é o dia do city tour.

O guia nos entrega folhetos de restaurantes próximos e aponta lojas interessantes num mapa. Dá algumas dicas importantes e se despede. Patty e eu finalizamos o check in e, de posse das chaves, subimos as escadas bem devagar até atingirmos o segundo andar, onde ficam nossos quartos.

– Será que dá barato? – Giro uma folha de coca na altura dos olhos e filosofo, ultrazen.

– O chá? – Ela explode numa risada. – Com um pouco de uísque, quem sabe?

Os quartos ficam lado a lado. Giro minha chave e encontro uma suíte pequena, bem funcional e aconchegante. Eu até pretendia descansar, mas não sei se foi o chá ou o clima de Cuzco... O lance é que estou desperta, doida para sair e explorar a cidade a pé.

– Está pensando o mesmo que eu? – Patty pergunta, emoldurada pelo batente da porta.

– Rolê pela cidade? – arrisco.

– Não quero perder um segundo.

– Nem eu – respondo, pegando minha bolsa.

•••

O hotel é muito bem localizado, a uma quadra da Plaza de Armas. Nas calçadas estreitas, as vitrines das lojas nos cercam como ímãs, querendo a todo custo ficar com o nosso suado dinheirinho.

Tudo é muito colorido, rústico e cheio de vida. Idiomas do mundo todo criam uma sonoridade interessante conforme caminhamos. Ouço inglês, francês, alemão, italiano e até mandarim. Essa cidade é um ponto de encontro de gente de todo lugar em busca do misterioso, do sagrado, do essencial na vida.

– Eu moraria aqui – afirmo, numa certeza assombrosa.

– Olha, eu também – Patty concorda quando paramos em fren-

te a uma vitrine repleta de botinas ultracoloridas bordadas a mão.
– Gata, aquela ali é a sua cara. – Ela aponta uma azul entremeada com linhas de muitas tonalidades.

– Não é muito cheguei? – Adorei as cores, mas não imagino em que ocasião poderia usar algo tão chamativo.

– Clara, você é uma artista – Patty diz o óbvio e eu faço cara de idiota.

– Tem razão. Eu posso usar esse troço sem crises existenciais.

Decidida, entro na loja já sabendo exatamente qual é o meu objeto do desejo. Experimento a bota, que fica um charme. Parece ter sido confeccionada especialmente para mim. Patty bate palmas afetadas e resolve entrar na onda, experimentando uma cor de vinho com bordados bem escandalosos em amarelo e laranja.

– Pirei nesta – ela afirma, com um sorriso satisfeito no rosto.

– Ficou linda. Imagine você entrando no fórum usando um troço desse nos pés – ironizo.

– E por que não? – Patty faz aquela cara de "foda-se o mundo".

– Eu adorei. Você deveria levar.

– E vou mesmo. Chega de ser a senhora certinha usando um tailleur perfeitamente bem cortado e ajustado. Está na hora de mudar. – Ela se empolga e me contagia.

– Vida nova, Patty.

– Vida nova, Clara.

18

PATTY E EU ESTAMOS APAIXONADAS POR CUZCO. ESQUECER ROGÉRIO NÃO É TAREFA FÁCIL, ENTÃO ESTOU POLICIANDO TODO E QUALQUER PENSAMENTO QUE SURJA. MESMO COM AS EMOÇÕES FORA DE CONTEXTO, CONSIGO FOCAR NO PRESENTE E DEIXAR AS COISAS SIMPLESMENTE FLUÍREM, SEM PRESSÃO.

Munidas de sacolinhas de várias lojas, escolhemos um restaurante com vista para a Plaza de Armas. É uma praça grande, cercada de flores e com uma arquitetura difícil de ignorar. Não consigo parar de apreciar o entorno. Tudo muito diferente do convencional.

– Daria para escrever um livro com essa vista espetacular. – Patty suspira e olha para a igreja, mais ao fundo.

– Baita inspiração – concordo, pensando que essa viagem vai acrescentar muito ao meu repertório artístico.

– Está olhando só a arquitetura? Já notou quantos turistas gatinhos passaram por nós?

– Patty, estou focada na arquitetura e no meu autoconhecimento – fujo pela tangente.

– Não vá virar freira, por favor. – Ela une as mãos em súplica.

– Não sou dessas. – Caio na risada. – Mas não posso negar que estou morrendo de medo de uma nova relação. E se o problema estiver em mim e não neles? E se eu descobrir que não sei amar? E se...

Patty fecha a cara e eu paro de falar.

– E se? – ela começa. – Pare já com isso. Você está lá no futuro, supondo coisas que não consegue controlar. Isso só gera ansiedade desnecessária. Você vai entrar em desespero com esses questionamentos.

– E se eu não for boa o suficiente? – Baixo o tom de voz e a coisa sai como um lamento, desses de dar pena.

– Clara, escute bem o que eu vou dizer. Enquanto você não se amar do jeitinho que é, ninguém vai te amar. Quem em sã consciência amaria alguém que não se valoriza, que não acredita no seu próprio potencial? Eu posso dizer mil vezes que você é uma mulher incrível que nessas mil vezes você vai duvidar. Sabe por quê? Porque não adianta eu dizer. Você precisa saber, precisa se conhecer profundamente e ter certeza disso por conta própria. Você está buscando um homem que te valorize, que te mostre o quanto você é especial. Desculpe, minha amiga, mas homem nenhum é capaz disso, porque você mesma não acredita.

– Pare de bater tão forte. – Lágrimas se acumulam nos meus olhos. A porrada foi certeira.

– Não vou passar a mão na sua cabeça. Eu não seria sua amiga se fizesse isso. Descubra quem você é, o seu real valor, que nós nunca mais vamos ter uma conversa como esta. Você precisa se assumir, Clara. Se não fizer isso, todos os seus futuros relacionamentos estão fadados ao fracasso, porque você só vai atrair homens que te façam se sentir um lixo de pessoa.

– Eu não sou um lixo – bufo.

– Eu sei disso. E você também, mas age como se não soubesse.

– Vamos mudar de assunto. Preciso digerir essa conversa. – Pego o cardápio enquanto enxugo as lágrimas.

– Eu estou aqui para te ajudar, mas não posso resgatar você desse poço escuro em que se enfiou. Não tenho esse poder, gata.

– Eu sei. – Suspiro, triste.

– Siga o som da minha voz e venha para a luz, sua maluca.

– Estou indo, Patty.

– Está muito lerda. – Ela sorri e imediatamente o clima pesado se desfaz.

– Você que é impaciente – retruco. – Ainda assim, obrigada por não desistir de mim.

– Nunca. Jamais.

19

JÁ É NOITE E, DE VOLTA AO HOTEL, ME ENTREGO A UMA SOPA INCRÍVEL. A CADA COLHERADA, SINTO UM CONFORTO, UMA COISA GOSTOSA DENTRO DO PEITO. TEM COMIDAS QUE FAZEM ISSO COM A GENTE, QUE NOS MOSTRAM QUE EXISTEM PRAZERES NA VIDA.

– Este vinho está dos deuses. – Patty beberica e me encara com os olhos pesados de sono.

– Qual o sentido da vida, Patty?

– Perguntinha capciosa essa, hein? Gata, eu estou bêbada de sono e talvez responda uma bobagem.

– Eu me sinto perdida, sem rumo. É como se eu não soubesse mais quem eu sou, para onde devo ir, nem onde está Wally.

Wally é o irritante personagem de um livro de figuras, sempre vestido com uma camiseta listrada de vermelho e branco. *Onde Está Wally?* foi um grande sucesso na época da minha pré-adolescência. Na escola, passávamos boas horas procurando o tal Wally quando as aulas estavam um saco.

– Eu nunca encontrava a porra do Wally. – Ela solta uma gargalhada e eu apenas meneio a cabeça, segurando o riso. – Teve um dia que rasguei uma página do livro de tanta raiva.

– Como uma pessoa evoluída tem uma crise de raiva dessas? – questiono, erguendo as sobrancelhas.

– Eu não sou perfeita, gata. – Ela dá um sorrisinho maroto. – Também tenho os meus momentos de surto psicótico.

– Difícil imaginar a cena. Se bem que, depois da cadeirada nas costas do Maurício, percebi que você é humana e não um ser de outro planeta. – Deixo o talher de lado e encho novamente a taça. – Sabe, talvez o sentido da vida seja uma vida sem sentido.

– Gata, você está muito bêbada e não é de sono. – Patty está alegre, rindo de bobeira.

– Tô falando sério! – Ergo a voz para me fazer ouvir. – Não tem sentido na vida, Patty. Dizem que a alma é perfeita, então por que nós estamos aqui para aprender? Isso é muito sem noção!

– Eu nunca tinha pensado por esse ângulo. – Ela concorda com a cabeça, e sua língua começa a enrolar. – Pelo amor de Deus, não tente entender o significado da vida. Você não vai encontrar.

– Viver por viver? – surto.

– Isso! Deixe rolar. O que tiver que ser simplesmente será.

– Então nós não temos livre-arbítrio, correto? Somos marionetes? E quem é o fulano que está no comando?

– Não é um fulano. Imagino que sejam duas energias opostas: o bem e o mal. Durante toda a vida nós trafegamos por essas duas vias até que em um dado momento uma escolha precisa ser feita. Viver pelo bem ou pelo mal?

– Não faz sentido. Esse vinho zoou a sua coerência. – Aponto para a garrafa e me recosto na cadeira estofada.

– O que não faz sentido é nós ficarmos filosofando sobre a vida, o universo e tudo mais a esta hora da madrugada. Vamos pagar essa conta e sair por aí fazendo merda que dá muito mais certo. – Patty chama o garçom.

– Não quero fazer merda – protesto, apavorada.

– Ah, qual é? A vida é muito curta, Clara. Levanta essa bunda daí e vamos procurar encrenca.

– De que tipo de encrenca nós estamos falando? – Um arrepio involuntário percorre a minha espinha.

– Encrenca da boa, te garanto.

20

Droga. Não sei se estamos encrencadas, mas tudo leva a crer que sim. Não posso colocar toda a culpa no álcool, mas o fato é que estou abraçada a um poste enquanto duas Pattys beijam dois caras até bem bonitinhos. Estou enxergando dobrado, e isso não é gostoso.

Meu olhar vagueia meio em zigue-zague, e eu noto um cara me observando ao longe, tipo cercando, como se em breve fosse me atacar. Ele parece ensaiar uma aproximação, então eu me armo até os dentes. Não estou a fim de papo, nem de me enroscar com um desconhecido. O poste está legal... Ele não me cobra nada e eu muito menos. Talvez possamos elevar essa relação a outro patamar.

Gente, estou apaixonada por um poste!

Não me lembro de ter bebido tanto. Aliás, nem me lembro de ter jantado. Isso causa um certo desconforto, mas logo a mente pega no tranco e eu lembro do meu nome, de onde estou e dos meus carmas ao longo desta vida.

Eu sabia que não devia ter misturado vinho com chá de coca.

O tal estranho se aproxima devagar. É alto, barbudo e usa roupa casual. Está com uma garrafa de cerveja na mão. Seu olhar não desvia do alvo – que por acaso sou eu, a não ser que ele também tenha gamado no poste –, e por um instante eu quero simplesmente evaporar no ar.

Nem lembro como se engata um diálogo com um desconhecido. Para dizer a verdade, minha mente está tão confusa que não vai sair nada coerente da minha boca. Ah, Deus, faça ele desistir, por favor.

O cara não desiste e está próximo demais.

Devo sair correndo e gritando? Chutar as bolas dele? Chamar a polícia? Jogar um sapato na cabeça dele?

Mas não faço nada. Estou petrificada. O estranho finalmente me alcança e eu começo a rir quando ele diz algo que não compreendo. É russo, cara! Posso falar um monte de asneiras que tudo vai ficar bem.

– Desculpe, não entendo – explico, em português.

O cara tenta em inglês e eu finjo que também não compreendo.

– Nada de inglês também – afirmo, negando com a cabeça oca e zonza.

– Ela entende inglês, sim. – Patty chega, meio que tombando sobre o cara, e fala inglês britânico fluente.

– Vai se ferrar – mando, em português claro.

– Ele é bonitinho. Vai deixar escapar? – Ela me encara com aquele ar de mãe mandona.

– Vou. Não estou a fim, Patty.

– Entenda uma coisa, Clara: o Rogério é passado. Vai ser fiel a ele até quando?

– Não é questão de fidelidade, você sabe disso. Só não me sinto pronta para cair na farra – atiro, com a voz toda enrolada. Será que Patty entendeu o que eu disse?

– Não estou pedindo isso. Só dê uma chance ao cara bonitinho. – Patty passa o braço sobre o ombro do estranho e ele sorri. – E, gata, você está muito bêbada. Só pra te avisar.

– Afe, que novidade – resmungo, já imaginando a merda da ressaca. – Ei, você está beijando dois caras ao mesmo tempo ou eu estou alucinando?

– Clara, você está pior do que eu imaginava. – Patty balança a cabeça em negativa. – Esqueça o bonitinho aqui. Vamos para o hotel.

– Rá, quem disse que queria encrenca? – Aponto o dedo no nariz dela. – Vai amarelar?

– Não quero que você faça burrada. Esse russo é carma, com certeza. – Ela empurra o rapaz para o lado e me pega pelo braço. – Vamos, Clara.

– E o carinha em quem você está dando uns amassos? – questiono, estarrecida.

– Gata, vai sempre haver um amanhã... Até o dia em que a morte resolva que já deu pra nós.

– Eu posso encontrar o caminho de volta sozinha. – Odeio ser a estraga-prazeres. – Na boa: fique aí, sem crises.

Patty se aproxima do meu ouvido e sussurra:

– Ele beija mal. Me socorra.

Ah, tá! Nesse caso, a noite está salva. Ninguém merece beijo ruim.

21

COMO ESPERADO, ACORDO NA MAIOR RESSACA. CUBRO O ROSTO COM UMA MAQUIAGEM BÁSICA E USO UM COLÍRIO PARA OS OLHOS AVERMELHADOS DE QUEM NÃO DORMIU DIREITO. ESTÁ FRIO PARA DANAR, E EU TIRO O SOBRETUDO DO ARMÁRIO, JUNTO COM UM CACHECOL COLORIDO.

No café da manhã, descubro um cereal de milho que parece pipoca doce do saquinho rosa. Como um pote gigante e tomo um litro de café. Patty observa e reage quando encho a xícara pela milésima vez.

– Cafeína demais, gata.

– Se tivesse maconha eu fumava.

– Você nunca fumou maconha.

– Talvez esse seja o problema – digo, esvaziando a xícara de café.

– Preparada para a visita ao xamã?

– Tenho medo dessas coisas. E se ele fizer alguma macumba?

Patty cai na gargalhada.

– Afe, gata, só você.

Os guias chegam no horário previsto, tão logo terminamos o café da manhã. A bordo de um jipe, saímos de Cuzco e entramos numa trilha sinuosa em meio a árvores altas e vegetação rasteira.

O encontro com o xamã vai acontecer nos próximos minutos e eu nem sei o que esperar. Para falar a verdade, estou meio cética. Talvez seja só um cara vestido com trajes típicos encenando para os turistas deslumbrados.

– O guia falou que o xamã é do poder – Patty sussurra.

– Estou igual a São Tomé: tenho que ver para crer. – Reviro os olhos.

– Apenas sinta.

– Que seja – bufo.

Chegamos a um descampado e o cenário está montado: uma fogueira, incenso queimando, apetrechos que Patty sinaliza como ritualísticos e um cara vestido com trajes típicos que parece estar possuído por algum espírito.

– Uau, adorei isso – Patty comemora.

– Hum, é legalzinho. – Nem estou curtindo a parada.

– Legalzinho? – Ela surta e chacoalha meus ombros. – Venha para a luz, Clara. Divirta-se!

– Beleza. Vou fazer o possível. – O mau humor corre pelas minhas veias.

– Ah, gata, curta este momento, esta brisa, este cheiro de incenso, este ritual. É tudo tão diferente.

– Você tem razão. – Relaxo os ombros e encaro a cena. – Vou entrar no clima.

O xamã nos cumprimenta com uma reverência e indica duas cadeiras de frente para a fogueira. Fala uma língua desconhecida, e o guia traduz o dialeto. Ele explica como o ritual vai ser feito e pede que estejamos abertas para receber as graças dos deuses.

A fogueira queima e as chamas dançam ao sabor do vento. Ao meu lado, Patty invoca as salamandras do fogo e as saúda. Gente, minha amiga é completamente pirada – e eu acho isso o máximo.

– Você é uma bruxa – alfineto, com um sorriso.

– Você também é – ela devolve, me olhando de canto de olho. – Tenho certeza de que fomos queimadas juntas em alguma vida passada.

– Que trágico.

– Pois é.

O xamã acende um pau de incenso na fogueira e se posiciona à nossa frente, benzendo, macumbando, sei lá eu. A fumaça é muito cheirosa e causa um efeito interessante. É como se todos os pensamentos fossem sugados por um buraco negro.

Ele nos dá algo para comer. Uma folha de coca. Mastigo vagarosamente, observando todos os detalhes do ritual. Sementes são jogadas no fogo e, conforme queimam, o xamã possuído entoa cânticos antigos.

– Ele está dizendo que houve traição. E roubo – o guia sussurra em meus ouvidos. – Também diz que vocês são como irmãs, que se encontraram em muitas vidas antes desta. Espíritos bem antigos, que já viram e viveram de tudo. Vocês devem ver esta encarnação como um bônus. Vão ter muita prosperidade e ser muito felizes daqui em diante.

– Ele deve dizer isso para todas – retruco.

– Que nada. – O guia se apruma. – Já assisti a muitos rituais e o xamã sempre fala a verdade, por mais terrível que seja.

– Sério? – questiono.

– Isso tudo é muito sério. – Ele aponta para a fogueira e olha para o ritual em andamento. – Acredite nas palavras dele.

– Certo.

O xamã nos tira para dançar em torno da fogueira. De repente, sou tomada por algo do além, e, quando dou por mim, estou dançando e cantando de mãos dadas com Patty, reverenciando o fogo, a natureza, os deuses... cara, que coisa doida! Com certeza tinha algo a mais nessa folha de coca!

– Se solta, gata! – Patty diz, aos risos.

– Tô soltinha.

– Isso! A vida é linda, nós somos incríveis, o universo conspira a nosso favor!

– Amém. Oxalá, Meu Pai. Namastê. Que assim seja, em nome de Jesus – arremato, pulando em volta da fogueira.

Estou zonza, mas não é nada ruim. É como se minha alma tivesse finalmente aportado em Terra, dentro deste corpo que só caminhava no piloto automático. As cores voltaram ao mundo. O riso é fácil e despretensioso. Meu peito explode em bons sentimentos, e os pensamentos deixam de existir nesse ínfimo espaço.

Não há carma, não há passado, não existe futuro. Estou fincada no agora, e está tão legal aqui! Ah, universo, por favor, permita que essas sensações não me abandonem, que permaneçam em mim enquanto eu respirar.

Eu sei que é utópico, mas, enfim, não custa sonhar.

O ritual termina com a queima dos carmas, representados por folhas de coca. Para cada folha que eu jogo na fogueira, imagino situações e pessoas que não quero mais na minha vida. Não preciso mais da dor, do sofrimento. A partir de agora, só quero o que for verdadeiro, só quero aprender pelo amor.

22

ESTOU QUEBRADA, ZOADA E ALGO MAIS. NO RESTAURANTE DO HOTEL, PATTY NÃO PARA DE FALAR SOBRE O RITUAL XAMÂNICO E AS SENSAÇÕES LOUCAS QUE EXPERIMENTOU DURANTE A CERIMÔNIA. ELA AFIRMA QUE REALMENTE VIU NOSSAS VIDAS PASSADAS E QUE EM UMA DELAS NÓS TIVEMOS MUITO PODER BRUXESCO. AFE. MINHA AMIGA NÃO BATE BEM.

Enquanto ela fala, num monólogo digno de stand up, minha mente começa a conversar comigo. São palavras de incentivo, e a coisa soa tão evoluída que me pego questionando os conselhos. Será a voz do meu eu superior? Do meu mentor espiritual? Do xamã doido, que entrou na minha cabeça e zoou tudo?

Patty para de falar e me encara, interessada. Talvez tenha percebido que estou fora de órbita e não escuto mais nada do que ela diz. Minha amiga limpa a garganta, e só então resolvo dar voz ao que estou pensando:

– Eu queria perdoar, sabe? – digo, sem muitas explicações.

– Perdoar quem? O Rogério?

– Ele também. Eu queria perdoar tudo, inclusive a mim.

– Hum, esse é um passo importante para a cura das feridas. – Patty fica pensativa. – Aprendi uma oração havaiana muito poderosa. O nome é engraçado: Ho'oponopono.

– Como é? – Caio na gargalhada.

– É tão simples que chega a ser óbvia.

– Me conta. – Junto as mãos em súplica. – E qual é o nome mesmo?

– Ho'oponopono – ela repete e continua: – São quatro citações de poder que você precisa dizer ou mentalizar com todo o seu coração.

– Ok, estou ouvindo. – Esfrego as mãos e aguardo.

– Sinto muito, me perdoe, te amo, sou grata. – Ela respira fundo. – Não é fácil dizer, Clara.

– Eu não sinto muito pelo Rogério. É ele quem precisa pedir perdão. Não amo aquele desgraçado. E não sou grata por ele ter me traído e roubado! – despejo, muito puta.

– Viu? Eu falei que não era fácil.

– Você fez isso com o Maurício? Conseguiu? – questiono.

– Demorei duas semanas para realmente conseguir dizer de coração. Sinto muito, me perdoe, te amo, sou grata.

– Pare de ser tão evoluída! – rebato.

– Não é questão de evolução. Essa oração demonstra a sua humildade perante a vida, as situações e as pessoas que encontrou. E toda humildade é recompensada, Clara. Perdão é libertação. Eu sei que você vai conseguir, gata.

– Hum. Não prometo nada, mas vou tentar.

– Já é um começo.

23

NO QUARTO DE PATTY, ESTOU FUÇANDO SUA BOLSA DE MAQUIAGEM, ENROLADA NUM COBERTOR QUENTINHO. OLHO PARA O ROSTO SORRIDENTE DA MINHA AMIGA. PARECE FELIZ DE VERDADE ENQUANTO TIRA O ESMALTE DAS UNHAS E ESCOLHE UMA NOVA COR.

Ela está filosofando sobre religiões e diz que adoraria entrar para algum tipo de confraria, sociedade secreta, essas coisas ocultas. Num dado momento, faço as perguntas que não querem calar.

– Existe amor? Felicidade? Alegria? Ou isso tudo é pura encenação?

– Clara, entenda de uma vez por todas: o amor não vai chegar; ele já está. A felicidade não vai vir; já é realidade. A alegria não depende de fatores externos... Ela mora aí dentro de você. Tudo o que você busca fora está dentro. As pessoas lúcidas que descobrem isso não dependem de nada nem de ninguém. Você pode encontrar o homem da sua vida na próxima esquina, mas ele não vai conseguir fazer você feliz.

Fico pensativa. Não vejo como retrucar. Patty está certa, e eu devo incorporar essa lucidez na minha vida.

– E se eu não tivesse gastado tempo e energia construindo uma fortaleza de proteção contra o Rogério? E se, ao invés disso, eu tivesse tentado construir uma ponte? – Desvio o olhar, porque sei que posso ser atingida por um raio laser. – Você acha que teria dado certo? Eu poderia ter encontrado o amor dele?

Patty expira todo o ar dos pulmões, demonstrando uma leve irritação com a minha pessoa. Ela inspira fazendo um ruído e me encara demoradamente antes de responder, à queima-roupa:

– Existem pontes que não devem ser construídas em hipótese alguma. O que você vai encontrar do outro lado simplesmente não vale o esforço. – Ela alisa o cabelo para trás, e seu olhar me segura para que eu ouça tudinho. – Se você tivesse construído essa ponte, pode apostar, teria encontrado um homem que não vale a pena e, pior do que isso, ele te mataria na primeira oportunidade. – Patty leva as mãos aos meus ombros doloridos. – Graças a Deus você construiu uma fortaleza.

Amém!

24

NOSSA ESTADA EM CUZCO CHEGA AO FIM. ESTÁ NA HORA DE SEGUIR PARA O VALE SAGRADO DOS INCAS, A TERCEIRA ETAPA DA VIAGEM. O BALANÇO ATÉ AQUI É POSITIVO, MAS MINHA MENTE CONTINUA ME PREGANDO PEÇAS, REVIVENDO O PASSADO E TRAÇANDO ROTAS PARA UM FUTURO TENEBROSO E SOLITÁRIO.

Sinto-me impotente nesse momento existencial. Não saber o que o amanhã vai trazer é tipo um soco no estômago, com direito a um enjoo sem precedentes. É apavorante, para dizer o básico.

Seguimos viagem num micro-ônibus, com uma turma bem eclética: malucos-beleza, aventureiros e uns poucos mais normais. Não sei onde me encaixo. Não sou hippie, não ando aventureira e muito menos sou normal.

Estou um tanto descontrolada. Nem é TPM. A coisa beira o apocalipse. Desespero, agonia, falta de ar, mente nebulosa, suor excessivo... É tipo um "fuja para as colinas porque os extraterrestres invadiram a Terra e estão disseminando um vírus do tipo fodão que vai transformar todos em zumbis famintos e sedentos pelo seu cérebro".

Já terminei diversos relacionamentos nesta vida, mas nada chegou perto disso. Começo a pensar que realmente amei Rogério, ou, na pior das hipóteses, ainda amo o desgraçado. É insano e eu estou com medo de surtar, de não dar conta do que vem pela frente – ou do que não vem. Se ninguém aparecer na minha vida, juro que me jogo de uma ponte!

– Não sei mesmo ficar sozinha, e esse sempre foi o maior medo da minha vida – afirmo, olhando para o nada.

Patty olha para minha cara e eu vejo quando sua testa se enruga. Já prevejo a lição de moral. Demora um pouco, mas a coisa é dita num tom seco:

– Quantas vezes tenho que repetir que você é a sua única companhia para todo o sempre, até o fim? O que você acabou de dizer é o mais completo absurdo. Se você não dá conta de ficar sozinha, é porque a sua companhia é desagradável pra você mesma. Você não se ama, Clara.

– Credo. Não é bem assim.

– Ah, não? – Ela fecha o livro com um baque. – Se você se amasse, ficaria sozinha numa boa. Melhor companhia que a sua não existe, certo?

– Você está distorcendo as coisas – retruco, insegura.

– Não. Você está. – Patty aponta o dedo para o meu nariz. – Como assim não sabe ficar sozinha? Pelo amor de Deus!

Bufo, contrariada. Minha amiga tem razão, mas não quero dar o braço a torcer. Se não sei ficar sozinha é porque não me acho legal. Será que isso tem a ver com autoestima? Autoconfiança? Amor-próprio?

– Você está machucada, e isso é perfeitamente compreensível

se a gente analisar friamente o que você passou com o Rogério – Patty retoma. – Uma coisa é certa: você precisa se resgatar do limbo, sair desse reino sombrio onde se enfiou. Por favor, pare de se menosprezar, de se inferiorizar. Nunca mais aceite qualquer coisa só pra ter um cara, um relacionamento. Você merece o melhor.

Fazemos uma parada para conhecer o vilarejo. Segundo informações de um dos guias, o Vale Sagrado dos incas era muito apreciado em épocas antigas, pelo clima e pela geografia. Foi um dos principais pontos de produção agrícola e hoje fornece o melhor grão de milho do Peru.

De longe, avistamos o que parece ser uma caverna no alto de um dos picos. Nesse local eram armazenados alimentos e sementes. Uma espécie de geladeira natural, considerando a altitude e a temperatura.

Patty tira fotos e as selfies de praxe. Eu me limito a olhar para o cenário e faço uma conexão mental, uma espécie de fusão. Não costumo tirar fotos: prefiro guardar as recordações nas gavetas do cérebro.

Voltamos ao pequeno ônibus e seguimos viagem por estradas praticamente vazias. Estou a fim de mergulhar no silêncio, e Patty parece compartilhar da mesma vibe.

Alguns minutos depois, fazemos uma nova parada, dessa vez nas ruínas de Pisaq. Lá de cima é possível enxergar a cidade dos mortos, uma porrada de túmulos descobertos incrustados na montanha à frente. Os montes de esqueletinhos me causam certa inquietude, mas nem por isso a visão é menos interessante.

– Estranho, não é? – Patty observa e clica de vários ângulos.

– No fim das contas, nós somos todos esqueletos ambulantes que vão acabar do mesmo jeito – afirmo.

– Por esse motivo nós temos que ter pressa nessa coisa de felicidade, Clara.

– Pode crer.

O passeio continua ao longo de templos e terraços agrícolas. Acabamos parando no mercado de artesanato para umas comprinhas. Arremato alguns temperos diferenciados, incensos e imagens esculpidas em pedra, mas minha deprê está me matando e eu não consigo disfarçar.

– Não vejo diferença entre você e os esqueletos – Patty diz e me olha demoradamente. – Seu corpo está aqui, mas o seu espírito não. Esse seu desânimo está foda, Clara.

Aceito a bronca, e uma ansiedade esquisita se forma na boca do meu estômago. Não quero ser um esqueleto sem vida andando por aí. Isso já foi longe demais. Preciso resgatar o meu eu.

– O que você sugere? – questiono.

– Lute por você. Acenda a sua chama interna.

– Como? – Levo as mãos à cabeça, perdida.

– Quando chegarmos ao hotel vamos fazer uma visualização.

– Que tipo de visualização? – A ansiedade aumenta e a curiosidade grita.

– Mais tarde, Clara.

Meleca. Odeio esperar!

25

JÁ ESTÁ ESCURO QUANDO CHEGAMOS AO HOTEL. O QUARTO É BACANINHA, DO TIPO AMPLO E SEM MUITOS ATRATIVOS. TOMO UM BANHO FERVENDO PARA ME ESQUENTAR E DAR AQUELA RELAXADA BÁSICA. NEM DESFAÇO A MALA, JÁ QUE AMANHÃ VAMOS PEGAR A ESTRADA A CAMINHO DE ÁGUAS CALIENTES, ONDE PASSAREMOS TRÊS DIAS.

Patty e eu nos encontramos no restaurante e pedimos sopinha com vinho. Enquanto conversamos amenidades, eu bocejo a cada cinco segundos. Ela finge não perceber e continua falando e falando e falando, a fim de me manter desperta.

Estou caindo de sono, mas ela não me permite dormir. Depois do jantar, invade meu quarto, acende uma vareta de incenso fedido e começa um ritual de defumação em torno da cama. Meu Deus! Nem imagino o que vem por aí.

– Certo. Agora deite na cama, feche os olhos e siga a minha voz.

– Rá, vou é dormir – alfineto.

– Se você dormir, dou um soco no seu estômago.

– Tenho medo de você – resmungo.

– Cale a boca e não se identifique com a mente. Escute só o som da minha voz.

– Deus te deu uma boa dose de grosseria, não? – retruco.

– É o meu charme, gata. – Ela pisca e eu desato a rir.

Atendendo a pedidos, fecho os olhos. O incenso tem um cheiro horrível, tanto que a sopa está querendo fazer o caminho inverso. Desencano disso e me concentro na voz da louca desvairada que está ao meu lado, de pé.

– Sinta todo o seu corpo – ela começa.

– Afe – resmungo.

– Pare de falar e só escute, Clara.

– Certo.

Patty pede que eu imagine a chama trina: azul, rosa e dourada. Na sequência, me leva a imaginar um sol crescendo no meu peito, a chama elemental de cada ser humano. Depois disso, sugere que eu imagine uma flor desabrochando sobre o coração. Até aqui, tudo muito simples.

– Agora imagine que você está diminuindo de tamanho, ficando bem pequena, tipo uma miniClara.

Desato a rir. MiniClara? Poxa, é duro me concentrar com essa palhaça conduzindo a tal visualização.

– Caraca, você não colabora! – ela explode.

– Desculpa, mas a culpa é sua. – Reassumo o controle e paro de rir.

– Não me interrompa mais ou eu queimo a sua bunda com este incenso do poder.

– Ok, eu me calo. – Fecho os olhos e reassumo uma postura quase meditativa.

Patty então retoma o tom de voz tranquilo:

– Imagine-se entrando no seu corpo. Pode escolher qualquer lugar para entrar. – Ela faz uma pausa e me dá tempo para visualizar. – Agora trace um caminho em direção ao seu centro de poder. – Mais uma pausa. – Chegue ao seu coração e observe todos os detalhes. Como ele é? Qual é a cor? Você se sente bem? Está claro ou escuro? Frio ou quente? Registre tudo.

Assim eu faço.

– Agora abrace o seu coração e aguarde. Ele vai te dizer uma palavra. Grave essa palavra na memória.

Sigo o passo a passo. Não é tão louco ou difícil quanto eu imaginei no começo.

– Agora se despeça e volte pelo caminho inverso. Saia do seu corpo e sinta que está aumentando de tamanho. Volte a ser a big Clara. Quando se sentir inteira, mexa os pés, as mãos, sinta o corpo, abra os olhos vagarosamente.

Feito. Abro os olhos e me remexo. Patty se senta ao meu lado e começa o questionamento pós-visita ao coração.

– Por onde você entrou no seu corpo?

– Pela boca – respondo.

– Hum... É o canal da comunicação e também o da alimentação. Interessante. – Ela fica pensativa. – Como foi o caminho?

– Deslizei por um toboágua. Foi engraçado. Eu gritava, estava me divertindo.

Patty começa a rir e a bater palmas.

– O que foi? – pergunto, interessada.

– O caminho para o seu coração foi feito para homens corajosos, que curtem adrenalina, aventura e diversão. Sacou? Os covardes não têm vez.

– Uau.

– Como é o seu coração? – ela questiona. – Não me esconda nada.

– Parece uma casa. Vi uma porta, janelas, um telhado e também um jardim na entrada.

– É bem a sua cara. Seu coração é família, é segurança... É o que a sua alma busca nesta vida e é exatamente o que o cara certo vai encontrar se topar deslizar pelo toboágua.

– Nossa, isso é muito louco.

– Qual é a cor do seu coração?

– Rosa-claro.

– O rosa-claro é a cor do amor. Interessante. – Ela sorri de forma enigmática e retoma: – Estava claro ou escuro?

– Claro. Acho que tinha sol – rememoro.

– Muito bom. – Ela pensa um pouco. – Tinha alguma cerca de proteção?

– Não que eu tenha visto.

– Excelente. Você não é um caso perdido, enfim.

– Você achou que eu fosse? – Eu me sento na cama, alarmada.

Patty ignora minha pergunta:

– Foi fácil abraçar o seu coração e deixá-lo para trás? Qual foi a palavra que ele disse?

Penso um pouco antes de falar:

– O abraço foi fácil, como se eu estivesse me despedindo de um amigo muito querido. Saí de lá numa boa. – Relembro a palavra e torno isso público. – A palavra que ele disse ao pé do ouvido da miniClara foi: viva.

– O seu coração, a sua alma, quer exatamente isso de você. Que você viva intensamente. Que não tenha medo, que não fuja do seu destino.

Uno as sobrancelhas, demonstrando um certo ceticismo que deixa Patty louca da vida. Bom, eu adoro provocar, mas realmente estou em dúvida quanto a essa visualização. E se tiver sido a minha mente no processo? O ego?

– Pare de duvidar, sua chata – ela retruca, indignada. – Tome essa experiência como verdadeira. Olhe o que você trouxe à tona, Clara. Que riqueza de detalhes, gata! Meu Deus, essas suas dúvidas são como inimigas, sabe? Você precisa acreditar.

– É verdade, me desculpe. – Sinto vergonha de repente. Vivo me boicotando. É tipo uma doença.

– Está se sentindo bem? – Patty pergunta.

– Estou incrivelmente bem – revelo e ela sorri, satisfeita.

– Guarde essa lembrança para acessar nos momentos de desespero. Quando tudo estiver desmoronando, vá para casa, vá para o coração.

– Uau. Estou toda arrepiada.

– Você tem todas as ferramentas de que precisa, Clara. Consegue finalmente entender isso?

– Meu coração é a minha casa. Já entendi, recado recebido.

26

A ATMOSFERA DE ÁGUAS CALIENTES É SENSACIONAL, UM TROÇO MEIO ZEN, ALTO ASTRAL, REALMENTE TOCANTE E IMPOSSÍVEL DE IGNORAR. SEGUIMOS PARA O HOTEL NUM CARRO DO RECEPTIVO CONTRATADO.

Patty está megaempolgada com a visita a Machu Picchu amanhã. Apesar dos milhões de fotos que vimos e dos vídeos do YouTube, ela fica repetindo que estar presente de corpo e alma é outra história. Concordo com isso.

Em cerca de meia hora o carro estaciona e nós saltamos no que parece ser o centro da cidade. O guia indica uma ruela e explica que o hotel fica a umas quatro quadras dali. O caminho só pode ser feito a pé.

Nós nos despedimos e seguimos pela direção indicada. Passamos por lojas com badulaques pendurados. Estou me sentindo na Vinte e Cinco de Março, em São Paulo, ou talvez no bairro do Brás.

Vejo um homem barbudo meditando numa esquina, tipo um osho inca. Olho para Patty. Ela me devolve o olhar. Nós nos aproximamos e distinguimos o som característico do que parece ser um mantra.

É ela quem quebra o silêncio entre nós:

– Dizem que quem sabe meditar sabe viver.

– Ah, droga. Nunca vou saber viver – retruco, lamentosa.

– Você nem tentou, Clara!

– Tenha dó desta pobre criatura, Patty. A minha mente está um turbilhão.

– A vida me ensinou a não ter dó de ninguém. Compaixão, sim. Pena, nunca. E, na boa: você não anda merecendo nem uma coisa nem outra. Esse seu mimimi já encheu meu saco.

– Credo, você não tem coração – metralho, na defensiva.

– Nem tente fugir da meditação amanhã. É como eu sempre digo: você não pode julgar uma coisa que não conhece ou nunca experimentou. Na verdade, a visualização que nós fizemos ontem foi quase uma meditação, só que você estava sendo guiada.

– Cara, eu até curti a parada. Só não quero acordar às três e meia da madrugada, pelo amor de Deus! – resmungo.

– Você vai mesmo perder o nascer do sol em Machu Picchu? Surtou geral? – Ela está indignada com minha preguiça atômica.

– Se eu resolver ficar na cama, você vai me atormentar pelo resto da vida, não é?

– Ah, com certeza! Vai ser pela eternidade, sua louca.

Afe, Deus me livre!

27

O HOTEL É UMA GRAÇA. PARECE UMA CASINHA DE BONECA. MEU QUARTO É AMPLO, CLARO, E EU ME SINTO NUM RECANTO DE PAZ, BELEZA E AMOR. INSPIRO O PERFUME DO AMBIENTE E NÃO CONSIGO IDENTIFICAR OS AROMAS QUE ESTÃO ME TRAZENDO UMA CERTA QUIETUDE AO CORAÇÃO.

Deixo a mala num canto e me dirijo para a sacada. A vista é um paredão de pedra (uma coisa meio sem graça). Bom, nem tudo é perfeito.

Patty está empolgadíssima com o que encontrou no banheiro: sais de banho, sabonetes artesanais, cremes diferentes e produtos para o cabelo sem aditivos químicos.

– Gata, eu pirei neste hotel – ela comemora, depois de cheirar o xampu.

– Eu também adorei. Ei, cuidado para não chapar no xampu!

Ela ri e tampa o frasco. Eu me sento na beirada da cama e inspiro profundamente. Apesar da paz, sinto que tudo isso é momentâneo e que a boa sensação vai passar.

– O que foi, Clara?

– Não sei – digo, sinceramente. – Acho que estou meio depressiva, mesmo depois daquela visualização do poder.

– Não me admira que esteja – Patty me conforta, sentando-se ao meu lado. – Você ainda está identificada com o seu falso eu.

– Oi? – Eu a encaro, confusa.

– Você ainda está funcionando como antes, como se fosse a mulher do Rogério. É isso que está causando a sua tristeza, gata. – Ela toca minhas mãos frias com delicadeza. – Deixe o falso ir embora, Clara. Você não é aquela mulher submissa e trouxa.

– A minha mente diz que, se eu deixar esse sofrimento ir embora, vou ser aniquilada, porque não vai sobrar nada. – Não digo isso em tom de lamento; é só um desabafo.

– O ego está tentando se proteger. Ele é ardiloso e vai colocar esse tipo de pensamento na sua cabeça. Não acredite nele. Você, eu e todo mundo somos centelhas divinas, somos Deus em ação. – Ela suspira e parece tomada por uma luz muito intensa. – Somos seres eternos, nada pode nos destruir. Mande o ego para o raio que o parta e domine esse seu cérebro gelatinoso. Você não é a sua mente... É ela que te serve, entende?

– Estou com medo.

– Medo de você? Da vida? Consegue identificar?

– Medo de tudo, Patty.

– Quem está presente em si mesmo não tem medo de nada. Quem confia plenamente não tem receio do que está por vir. – Patty se levanta e deixa o vidrinho de xampu sobre a bancada. – A meditação pode ajudar nisso, Clara. Amanhã, simplesmente se entregue ao desconhecido.

– E o que é esse desconhecido exatamente? – questiono.

– É você mesma.

28

O ALARME DO CELULAR ME DESPERTA ÀS TRÊS E TRINTA E TRÊS DA MADRUGADA. NA BOA. PARA QUEM ASSISTIU CONTATOS DE 4º GRAU, ESSE É O HORÁRIO DA ABDUÇÃO ALIENÍGENA DO MAL. OBSERVO EM TORNO E NÃO VEJO NENHUM ET À ESPREITA. UFA, NÃO SOU TÃO AZARADA ASSIM.

Bufando, arrasto os pés pelo chão frio e sigo tateando até o banheiro. Forço-me a um banho rápido e a uma higiene meia--bocation, porque, né? Estou dopada de sono e está um frio do caramba.

Visto calça jeans, uma blusinha básica, calço minhas botas e jogo um jaquetão do poder por cima de tudo. Arremato com um cachecol felpudo e nem penso em maquiagem. Fala sério. Seria um absurdo usar até mesmo um simples batom para visitar pedras e ruínas.

Encontro Patty no andar de baixo. Minha amiga parece ligada no 220. Enquanto eu preciso pegar no tranco, ela acorda com a energia nas alturas. Ah, que inveja branca!

– Dormiu bem? Sonhou? Algo que eu deva saber? – ela dispara.

– Cara, nem lembro o que comi no café da manhã – afirmo, num bocejo.

– Claro que não lembra. Nós não tomamos café da manhã.

– Sério? – Forço meus olhos a ficarem abertos. – Então esse é o problema, cara. Eu não funciono sem café da manhã.

– Afe, Clara. – Patty revira os olhos e checa o relógio de pulso. – Olha só. O ônibus para Machu Picchu sai às quatro e meia. O gerente do hotel avisou que o café já está servido, porque existem outros loucos como nós que pegam esse busão pra assistir ao nascer do sol lá no alto.

– Ah, uma boa notícia! – Uno as palmas em sinal de agradecimento aos céus. – Valeu mesmo, deuses incas!

– Quanto drama – Patty bufa e nós seguimos até o restaurante.

Faço uma reverência aos pães quentinhos, aos suquinhos coloridos, ao troço que parece pipoca doce do saquinho rosa, ao café expresso, ao bacon frito...

– Pare de reverenciar a comida e simplesmente coma. – Patty dá uma cotovelada nas minhas costelas e eu agilizo. Pego um pouco de tudo, me sento e mando bala.

– Não coma o bacon. Vamos fazer meditação daqui a pouco.

– Ah, mas eu quero bacon! – Dormir pouco me deixa assim, uma criança birrenta e mimada.

– Quer saber? Faça o que quiser – ela metralha e eu sorrio, vitoriosa.

Rá, papilas gustativas! Preparem-se! O bacon está entrando!

Enquanto degusto o porquinho bem devagar, só para irritar Patty, minha amiga desvia o olhar e eu noto que seu semblante muda. Ela volta o olhar e diz, quase aos sussurros:

– Fique olhando para mim. Estou falando sério.

– Ok – falo com a boca cheia.

– Estamos sendo observadas.

– Sério? Onde?

Imediatamente procuro em torno e posso ouvir Patty trincando os dentes de raiva. O fato é que ela está correta na sua suspeita, e um dos caras da mesa mais adiante me parece estranhamente familiar.

O moreno sorri e se levanta, caminhando em nossa direção. O amigo ou namorado ou amante, enfim, permanece à mesa. Antes mesmo de dizer qualquer palavra, lembro seu nome e de onde o conheço.

Afe, não acredito!

– Clara Night Baladation! Achei que a gente nunca mais iria se cruzar nesta existência.

– Miguel No Sense... Também achei – retruco, em tom nada amigável.

– Não sou mais No Sense, Clara. Agora sou um cara com noção. – Ele finge ter ficado chateado.

– As pessoas não mudam – digo, tombando a cabeça de lado e dando uma boa olhada na figura.

– Se é como você diz, é um imenso prazer rever você. – A voz de Miguel é insinuante, e meu estômago dá loopings com lembranças que eu gostaria demais de esquecer.

– Não faço mais as besteiras de antigamente – me defendo, de bate-pronto.

– Só besteiras novas? – Ele ergue as sobrancelhas negras e grossas e seus olhos me cercam, tipo arrancando minha roupa.

– Ah, não tenha dúvida – Patty se intromete, apresentando-se: – Patrícia Trigueiro.

– Miguel "Com Senso". Prazer. Não me digam que já estão acordadas para o nascer do sol em Machu Picchu.

– Ok, não vamos dizer – falo, apressadamente.

– Qual é, Clara? – Miguel força um sorriso. – Pensei que já tivesse esquecido o passado.

– Então. Eu não me permito esquecer para não cometer os mesmos erros. – Faço cara de má. – Sabe como é.

Patty saca que há algo de muito errado no front e resolve salvar a situação.

– Foi um prazer conhecer você, Miguel, mas já estamos de saída – ela anuncia, e eu imediatamente relaxo.

Miguel morde o lábio e dá um sorriso compreensivo, afinal burro ele não é. Não força a barra, mas é como eu disse: as pessoas não mudam, e o babaca já deve estar tramando alguma coisa.

– Ok, meninas, já entendi. – Ele se afasta com dois passos para trás. – Tenham um bom dia.

– Bom dia pra você também – digo rapidamente e arrasto Patty para fora do restaurante, não sem antes capturar um último bacon frito.

29

– VAI ME CONTAR SOBRE ESSE CARMA DO MAL OU VOU TER QUE ARRANCAR NA PORRADA? NA FILA DO BUSÃO, PATTY FINALMENTE ROMPE A BARREIRA SILENCIOSA QUE SE INSTALOU DESDE NOSSO ENCONTRO COM MIGUEL.

Ela tem razão: ele foi um carma encapetado que eu achei que já tinha pagado com juros e correção, mas pelo visto a vida está testando a minha paciência.

– Foi namoro de faculdade. Eu era uma louca e ele um galinha desgraçado.

– Hum, entendi tudo. – Patty franze os lábios e fica pensativa. – Só pra constar, você ainda é uma louca. Mas diz aí: por que a vida está trazendo esse carma de volta?

– Era a pergunta que eu ia fazer. Acho que estou sendo testada. Só não entendo o motivo.

– A vida pode estar querendo saber se você finalmente aprendeu a lição sobre se valorizar e coisa e tal – Patty conjectura e eu concordo. – Se você não quer cair na cilada do destino, fique atenta e chute esse carma pra longe.

– Ótimo conselho. – Suspiro pesadamente. – É o que eu pretendo fazer.

– O problema é que ele é gostoso até dizer chega, né? – Patty revira os olhos e eu levo as mãos à cabeça.

– Nem me fale. Vá ser gostoso assim na casa do capeta!

Finalmente entramos no ônibus a caminho da pedregosa e mística cidade de Machu Picchu. O veículo sacoleja tanto que estou ficando enjoada. Pensei que conseguiria dar uma cochilada, mas nem.

Nunca pensei que cruzaria com Miguel de novo. Nosso relacionamento foi muito conturbado, e eu sofri litros por quase quatro anos. Ele está mais velho, com certeza mais experiente, mas isso não quer dizer muita coisa.

– Oba, chegamos! – Patty se empolga.

– São só ruínas. – Suspiro alto.

– Iguais a você – ela retruca, indignada com minha falta de entusiasmo.

– Ainda estou com sono e muito puta por ter reencontrado o Miguel – reclamo.

– Esqueça esse carma e se jogue na energia mística do lugar – ela aconselha.

– Ok, vou fazer o possível.

Vejo um bando de turistas se amontoando em torno de uma mesa, com seus passaportes na mão. Curiosa como sou, estico o pescoço e me aproximo. Patty está na minha cola.

– O que foi, Clara?

– Ah, cara! Olha que legal! – Aponto para a mesa e dou pulinhos afetados. – São carimbos de Machu Picchu. Ain, quero carimbar meu passaporte também.

– Afe, quanta infantilidade – Patty resmunga, mas vejo que saca seu passaporte da bolsa no mesmo instante. – Certo, vamos dar uma de imaturas idiotas e carimbar quinhentas vezes.

– Obaaaaaaaaaaaaaaa!

Quinhentos carimbos depois, entramos na mística cidade de Machu Picchu, localizada 2.430 metros acima do nível do mar. Foi construída pelos incas em meados de 1450 e ficou escondida do restante do mundo por alguns séculos, até ser redescoberta em 1911 por um historiador americano.

Muitas são as lendas que cercam Machu Picchu, e a pedregosa cidade cheira a história e magia. Sinto-me cercada por uma energia diferente, quase palpável, que me causa arrepios estranhos nos braços e pernas.

– Dizem que a energia deste lugar é capaz de curar qualquer coisa – Patty revela e eu sinto um novo arrepio, desses cortantes. – Não sei você, mas eu me sinto em outra dimensão.

– É, nós estamos na mesma vibe – afirmo, e meu olhar curioso corre para todos os lados, não deixando que nada escape. – Ei, o sol está nascendo!

Turistas boquiabertos como nós sacam seus celulares e câmeras para registrar o momento. Eu sei que é o mesmo sol que vejo todas as manhãs, mas aqui a coisa não funciona bem assim.

– Que espetáculo! – Patty faz uma selfie com o sol de fundo.

– Tem algo diferente nesse sol – digo, entrando de penetra na segunda selfie.

– Não é o sol que está diferente, é o seu olhar – ela comenta. – O olhar do observador é tudo.

– Ah, saquei. – Tiramos mais uma selfie. – Agora, será que dá pra apreciar a visão?

– Selfies garantidas. Vamos encontrar um lugar pra abundar

nossas buzanfas agora.

Assistimos ao nascer do sol completo de um ponto-chave, tipo um observatório natural. O cenário é perfeito. Conforme o astro vai tomando o céu, sinto como se um sol interior também estivesse acordando, queimando, clareando.

– Estou sentindo a mudança na sua vibração, gata. – Patty observa meu semblante com certa curiosidade.

– Você está certa.

– Fico feliz. – Ela dá um tapa leve no meu ombro.

– Eu também. Espero que a deprê suma e não dê mais as caras por estas bandas.

Quando o sol alcança certa altura, seguimos para a segunda etapa da visita: a trilha que vai nos levar à temida meditação. Nem penso no assunto quando tomamos o caminho e começamos a subida íngreme em direção ao Portal do Sol.

Mastigo folhas de coca, porque está difícil respirar. A trilha é complicada, rochosa e muito estreita em alguns pontos. Passamos por turistas retardatários. Apesar de a minha forma física não estar lá essas coisas, até que estou encarando bem o desafio.

Já arranquei o cachecol e o casaco. Patty, idem. Não está calor, mas o corpo começa a fritar debaixo de tanta roupa.

– Gente, eu tenho pulmões! – Patty faz uma parada e enfia mais uma folha na boca. – Credo. O ar entra queimando.

– Preciso de água. – Remexo na mochila e encontro uma garrafinha pela metade. – Nem consigo pensar.

– Ótimo, assim é mais fácil entrar em estado meditativo. – Minha amiga olha para cima e faz cara de desânimo. – Meu Deus... Essa trilha não termina nunca? Parece que nem saímos do lugar!

Checo o relógio de pulso. Pelos meus cálculos, estamos andando há cerca de meia hora. Faço uma conta rápida e imagino mais uns quarenta minutos de caminhada até o topo da montanha.

– Estamos na metade do caminho – anuncio, jogando a garrafa de volta na mochila.

– Eita. Preciso de um guincho.

– Duas.

Retomamos a subida, e o esforço contínuo e repetitivo traz à tona mensagens dolorosas dos meus músculos adormecidos. Fala sério. Eu nem sabia que tinha panturrilhas!

O percurso inclui saltar rochas, pisar em pedras, desviar de terrenos acidentados. Andamos de cabeça baixa e restringimos os diálogos a monossílabos, tentando economizar ar. Logo após uma curva, meu corpo todo se retesa em raiva. O que esse idiota está fazendo aqui?

– Eu sabia que nós íamos nos encontrar de novo, Clara Night Baladation.

– Ah, cara. Deus está de mau humor hoje, só pode ser – murmuro, inconformada. – O que você vai fazer no Portal do Sol, Miguel?

Ele me encara com as pupilas dilatadas, talvez de tanto mastigar folhas de coca. Alisa o cabelo molhado de suor e ajeita a camiseta justa ao corpo, deixando entrever um pedaço da cueca boxer. Afe, isso não está acontecendo!

– Estou indo meditar – ele revela, com um sorrisinho descarado.

– Você? Meditar? – Caio na gargalhada.

Miguel finge não ter escutado e puxa o amigo pela manga da camiseta. Faz as apresentações rapidamente e se oferece para nos acompanhar na caminhada até o Portal.

– Estamos bem sozinhas – me apresso a dizer, e começo a empurrar Patty.

– Clara, eu não sou mais o mesmo babaca. – Ele parece decepcionado.

– Claro que não. Agora é um babaca mais experiente.

– Não sabe o que está perdendo. – Miguel alisa o peitoral e pisca para mim. Afe, que otário.

– Rá. Eu sei bem o que estou ganhando. – Lanço a deixa e continuo a subida, acelerando o passo cada vez mais.

Patty não diz nada, mas tenta acompanhar meu ritmo. Ouço-a bufar às minhas costas, e vez ou outra ela murmura palavras ininteligíveis. Não dá para conversar agora, e parar de caminhar está fora de cogitação. Preciso manter distância daquele idiota para o bem geral da nação.

– Clara, não aguento mais.

Olho para trás e vejo quando Patty desaba sobre uma rocha. A respiração é sofrível e ela está com as bochechas vermelhas, o rosto suado, a camiseta colada ao corpo e uma expressão de quem vai ter uma síncope a qualquer segundo.

– Ain, droga. – De repente me sinto péssima.

– Olha, eu entendo que o carma com o Miguel deve ter sido do tipo inesquecível, mas nós não vamos conseguir fugir do cara por muito mais tempo. – Ela toma uma golada de água. – Gata, eu estou morrendo.

Eu me sinto horrível, imatura, fugindo desesperadamente de um carma sem me dar conta de que estava ferrando com a vida da Patty.

– Você está melhor? – Ajeito uma mecha negra atrás da orelha dela. – Cara, você está um horror.

– Ah, muito obrigada – Ela me dá um soco com a garrafa d'água.

– Patty, ele está vindo. – Aponto com a cabeça.

– Quem? Jesus?

– Cara, o Miguel! – rosno. – O Caribe está se mostrando uma ótima ideia. Quero ir agora.

– Gata, ainda não inventaram o teletransporte – ela diz, fechando os olhos. – Pare de fugir. Enfrente logo e se livre dele.

– É, vou chutar esse carma pra bem longe!

– Que seja. Só não tente me matar de novo, beleza?

– Ok, desculpe.

Miguel e seu companheiro de caminhada passam por nós e nem se dignam a um olhar. Estática, observo seu semblante compenetrado e suas pernas musculosas, que caminham como se a trilha fosse a coisa mais fácil do mundo.

Encaro Patty, desconcertada. Ela me olha de volta, com o mesmo semblante. Desatamos a rir, de arrancar lágrimas. Minha amiga se levanta, sacode a poeira da calça e nós retomamos o caminho.

– Isso foi divertido – ela diz.

– Também achei.

Após uma hora e cacetada de trilha, finalmente alcançamos o Portal do Sol. Patty faz uma selfie com a cidade de Machu Picchu lá embaixo, lindamente adornada por um céu de calar a boca. O dia está lindíssimo.

Vejo Miguel mais à frente, sentado sobre uma das inúmeras esteiras dispostas no chão. Ele estava falando sério sobre o lance da meditação. Chocada, vejo que se sentou numa postura zen e fechou os olhos, hipercompenetrado.

– Nossa, tem algo de estranho no front – comunico.

– Ele está na posição de lótus – Patty explica e estreita o olhar. – Talvez esse seu carma possa ter virado um dharma.

– Isso é possível? – Arqueio as sobrancelhas, incrédula.

– Sei lá, acho que sim.

30

ESSA TAL POSIÇÃO DE LÓTUS É MUITO DESCONFORTÁVEL. DO PONTO ONDE ESTOU, VEJO AS COSTAS LARGAS DE MIGUEL INFLANDO E DESINFLANDO PAUSADAMENTE. SACO QUE PATTY FICOU INTERESSADA NO AMIGO DELE E DOU UMA GERAL NO FULANO. É ALTO COMO MIGUEL, CABELO CASTANHO, NÃO TEM UM FÍSICO TÃO INCRÍVEL, MAS ESTÁ EM FORMA. UM CARA BEM BONITINHO.

Já meu ex-namorado tem a pele queimada de sol, olhos da cor do fogo, cabelo escuro e os braços parecem tão duros quanto uma tora. Eu me pego lembrando da época da faculdade. Aquela barriga era uma sensação entre as meninas. Pelo visto, os gominhos continuam ali.

– Patty, vou contratar uns manos para arrebentar a carruagem do meu anjo cupido – sussurro.

– Cale a boca e se concentre na meditação – ela manda. – E por que você quer dar uma lição no seu cupido? Sentiu alguma flechada cármica aí?

– Droga, isso não vai prestar – choramingo.

– É, já saquei o drama. Agora fique quieta e aproveite o silêncio.

Fecho os olhos e a figura de Miguel não me abandona. Ah, cara, onde eu fui amarrar o meu carma? Sacudo a cabeça, tentando me livrar da imagem da cueca boxer. Poxa, por que ele precisa ser tão gostoso? Isso é golpe baixo.

Uma brisa fria acaricia meu cabelo para trás. Um arrepio tenebroso me rasga a espinha e eu automaticamente abro os olhos. O que vejo de imediato é um descarado Miguel sorrindo e olhando para trás, diretamente para mim. Ah, eu sabia que esse negócio de meditação era só um engodo.

O cara se levanta e, sem qualquer aviso ou envio de mensagem instantânea, pega sua esteira e caminha na minha direção. Joga o troço ao meu lado e já vai sentando, sem nem pedir permissão.

Ah, está pedindo pra morrer.

– Achei que você fosse meditar – sussurro, entredentes.

– Com você babando nas minhas costas malhadas é impossível. – O tom arrogante atiça o meu lado sombrio.

– Eu poderia quebrar a sua cara agora e nem ia ficar com remorso – rosno.

– E depois nós provavelmente acabaríamos rolando no descampado ali atrás, num tesão lascado.

– Vai se ferrar!

– Shiiiiiiiuuuuuu! – Patty estressa, e eu noto que estamos atrapalhando a meditação das pessoas ao redor. Envergonhada, baixo a cabeça e conto até dez.

– Diga que estou errado – Miguel sussurra ao pé do meu ouvido. Tipo assim, apesar do arrepio, trinco o maxilar para não começar a gritar como uma louca.

– Está errado, seu panaca – retruco, irritada.

– Veremos.

31

ESSE IDIOTA ESTÁ ME PROVOCANDO. ESTOU DE OLHOS FECHADOS, TENTANDO DESANUVIAR A MENTE DE TODO E QUALQUER PENSAMENTO. MAS O BABACA AO MEU LADO NÃO PARA DE SUSSURRAR BESTEIRAS! ESTOU A PONTO DE EXPLODIR.

Antes que isso aconteça, abro os olhos, ergo o corpo e saio andando para a parte de trás do Portal do Sol. Meus punhos estão cerrados, meus ombros, retesados e a mandíbula dói pra caramba, porque estou trincando os dentes com muita força.

Respiro profundamente, buscando em vão dissipar o ódio já instalado. Inspira. Expira. Inspira. Expira. O corpo começa a relaxar aos poucos e vou me centrando, reencontrando a calma.

– Clara, você é muito óbvia. Está exatamente onde eu queria.

Giro nos calcanhares e o fuzilo com o olhar.

– O que você está querendo, Miguel? – pergunto, cansada.

– Você.

Ah, seu carma de merda, que sacanagem. Por que me testar

dessa forma? Eu estava indo bem, já entendi que relacionamentos tóxicos não são legais. O que falta aprender?

– O passado já não foi o bastante? Não sou mulher de flashback – metralho, muito puta.

– Clara, não sou mais aquele canalha. Podemos curtir Machu Picchu juntos. O que você acha da ideia?

– Péssima.

– Eu vim pra cá com o Paulo procurando alguma coisa que não sabia bem o que era. Quando vi você hoje cedo, a ficha caiu.

– Tá. Vai me dizer que eu sou o seu destino. – Reviro os olhos, entediada.

– Eu nunca esqueci você, Clara.

Miguel se aproxima perigosamente. Ergue o braço, e, antes que toque meu rosto com aquela mão grande e altamente sugestiva, dou um passo atrás, meio que no susto. Ele tomba a cabeça de lado. Seu olhar é um misto de interrogação e exclamação.

– Eu aprendi a lição, Miguel. – Recuo mais um passo. – Número um: as pessoas não mudam. Número dois: as coisas podem até ser diferentes agora, mas logo nós vamos adotar os mesmos padrões de antigamente. É inevitável.

– Eu amadureci – ele rebate, triste.

– Eu também, mas isso não quer dizer nada. Na boa, não quero pagar para ver.

O semblante de Miguel denota que ele compreendeu perfeitamente o que eu disse. Há um sorriso contido em seus lábios, junto com um olhar decepcionado. Cruza os braços e assente com a cabeça, em concordância.

– Está me chutando sem ao menos dar uma chance ao destino?

– Não estou chutando você, Miguel. Estou é colocando um ponto-final nesse carma.

32

– Estou impressionada com você. Eu não sei se teria forças para chutar um carma gostoso como esse.

No bar do hotel, Patty me encara com admiração, como se eu fosse a pessoa mais foda do mundo. Realmente me sinto assim. Afinal, que mulher teria a coragem de dispensar um cara como Miguel?

– Só tive forças para isso porque conheço a figura e lembro muito bem do sofrimento que ele causou.

– Então... Mas você está sozinha, carente e poderia ter caído na lábia dele facilmente. Sou sua fã. – Patty dá tapinhas nas minhas costas.

– Você acha que eu fiz certo? – Fico em dúvida de repente. – Tipo, estou bem com a decisão, mas estou aqui pensando se não foi prematuro.

– Essa resposta só você pode ter. – Minha amiga dá uma golada generosa no coquetel enfeitado com um guarda-chuva meio brega. – Clara, o universo é abundante. Garanto que você não vai ficar sozinha por muito tempo.

– Concordo com isso, mas a Terra é abundante de homens idiotas – bufo, bebericando do copo alto e colorido.

– Isso também, não podemos negar. – Ela pisca para mim e arremata a bebida. – Mas existem caras legais, acredite.

– Amém.

Pedimos outra rodada de coquetéis enquanto rumino o assunto preferido de dez entre dez mulheres: o sexo masculino. Esses seres deveriam vir munidos de um manual de instruções, algo que facilitasse um pouco as coisas. Ou então Deus poderia enviá-los com um carimbo na testa que só as mulheres pudessem ver, classificando os caras de forma honesta. Isso evitaria muito sofrimento.

– Estou bêbada. Não consigo ler seus pensamentos. – Patty me olha com curiosidade.

– Os homens deveriam nascer com a classificação de caráter estampada na testa.

– Hum, na bunda seria um lugar mais divertido. – Minha amiga ri da própria piada.

– É, mas na bunda nós teríamos um problema. Na hora em que víssemos a classificação, já seria tarde demais.

– Uai, só sair correndo.

– E perder a transa? – Arregalo os olhos, chocada. – De jeito nenhum!

– Hahahahahahaha.

Continuamos falando um monte de besteiras desconexas por mais de uma hora. Não contabilizei, mas acho que já tomamos uns seis coquetéis cada uma. O troço subiu como um foguete da

NASA em propulsão atômica.

No meio de uma gargalhada dessas que chamam a atenção de todo o mundo, olho em torno e engulo em seco, tentando em vão me esconder dentro do copo de bebida.

Droga, ele nos viu.

Meleca, está se aproximando.

Merda, estou bêbada e carente.

– Fodeu, Patty – murmuro, inconsolável.

– É, Clara, fodeu mesmo.

33

ESSE MIGUEL É MESMO UM DESCARADO SEM NOÇÃO. O QUE ESTÁ FAZENDO AQUI, VESTIDO PARA MATAR AS SOLTEIRAS E TROUXAS DE PLANTÃO? POR QUE ESSA CAMISA XADREZ ABERTA, DEIXANDO ENTREVER APENAS O NECESSÁRIO PARA ALTAS ALUCINAÇÕES QUE ENVOLVEM UM QUARTO E LENÇÓIS? PARA QUE ESSA CALÇA DE CÓS BAIXO, JUSTA NOS LUGARES PERFEITOS?

O volume não pode ser natural; deve ter algum tipo de enchimento barato.

Ah, Clara, não se engane. Você sabe o tamanho da coisa.

– Me salve, Patty. – Agarro minha amiga.

– Eu? Me tire dessa. Só você pode dizer não.

– E se de repente, tipo assim, eu não estiver a fim de dizer não? – Eu a encaro, num pânico que chega a ser hilário.

– Nesse caso, encare a responsabilidade. – Na cara dura, Patty dá uma geral no equipamento de Miguel. – Gata, as consequências valem a pena.

– Merda – rosno.

O cara está envolto por uma aura sensual e muito safada. Acena de longe e senta com o tal Paulo a uma distância curta. Nem está calor, mas ele resolve abrir mais um botão da camisa, só para provocar.

Patty desata a rir, cutucando minhas costelas. Chamo o barman e peço outro coquetel, dessa vez com dose dupla de vodca. Ele me encara, um tanto preocupado, mas não diz nada e se mete a preparar o meu pedido.

– Dose dupla? – Patty enruga a testa e estala a língua. – Tem certeza disso?

– Não.

– Certo, a escolha é sua – ela diz, em tom crítico.

– Você disse que vale a pena! – retruco, indignada.

– E não vale? – Ela eleva as sobrancelhas duas vezes.

– Afe, desisto – bufo, confusa.

O barman deposita o drinque sobre o mármore frio do balcão. Respiro fundo e bebo o troço numa velocidade inumana. Boquiaberta, Patty apenas acompanha com os olhos quando a bebida desaparece do copo, em questão de segundos.

– Lavo as minhas mãos – ela diz, meio que em choque.

– Ótimo. – Ajeito o decote do vestido e me aprumo. – Está na hora de tirar a urucubaca que o Rogério deixou. Meu território vai ser marcado por outro macho hoje mesmo.

– Clara, você passou da bebedeira para um estado que eu desconheço o nome. – Ela segura firme os meus ombros. – Está conseguindo pensar com clareza ou os neurônios foram a nocaute?

– Amanhã eu te conto.

– Droga. – Ela revira os olhos e faz o sinal da cruz.

Levanto do banco, um tanto cambaleante. Miro no alvo. Engulo em seco. Peço, em silêncio, que meu pé concorde em dar o primeiro passo. Ótimo. Mais um. Excelente. Outro passo seria bom. Epa, esbarrar nessa cadeira estava fora dos meus planos. Ai, não, cair no meio do bar não é uma boa ideia!

Antes que eu desabe, no maior mico inca de todos os tempos, Miguel é ejetado da cadeira e me ampara. Desato a rir e não consigo ficar séria. Estou fora de controle. Ele ri junto e me segura como pode.

– Essa é a Clara Night Baladation que eu conheço – ele sussurra no meu ouvido. – Morri de saudade.

– Seu idiota. Você vai mesmo se aproveitar da situação, né?

– Clara, eu mudei. Acredite em mim. – Ele diz isso com a boca no meu pescoço. Cretino.

– Anda, me carrega para o quarto porque eu estou sem condições – peço, num tom nada amigável.

– Tem certeza? Eu posso não resistir. – Sinto suas mãos descendo pelas minhas costas.

– Nossa, como você mudou, né? – Solto uma risada irônica.

– Mudei sim, mas a tentação é grande, você há de convir comigo. – Agora uma de suas mãos está quase na minha bunda. – Você está gostosa nesse vestido, Clara.

– Você acha? – Meu tom sedutor não passa despercebido. – Me leve logo para o quarto e vamos acabar com o joguinho.

– Clara...

– Se você preferir, eu encontro outro que faça sem reclamar.

– Você não teria coragem. – Miguel fecha a cara e parece trincar os dentes.

– Não estou no meu juízo perfeito. Vai arriscar?

Ele vira macho, me pegando no colo imediatamente.

– Você vem comigo, garota.

Oba!

34

De posse da chave do meu quarto, Miguel se vira nos trinta para abrir a porta comigo no colo. Não estou tão alterada assim. Ainda consigo raciocinar minimamente.
Eu sei o que estou fazendo.

E é óbvio que amanhã vai bater o arrependimento.

Quer saber? Que se dane.

A porta é escancarada e minha boca está colada no pescoço dele. Minha língua resolve dar um passeio e deixa rastros úmidos por onde passa. O cara está arfando e eu acho que acabo de escutar um gemido de excitação. Ah, adoro causar esse tipo de efeito. Me sinto poderosa.

– Clara, você está brincando com fogo. – Miguel para em frente à cama e não faz menção de me soltar.

– Feche a porta – ordeno, entre carícias linguais.

– Se eu fizer isso, não respondo por mim a partir daí.

– Ótimo. Agora feche a porta.

Ouço um baque surdo e meu corpo voa no ar, pousando com certa velocidade no colchão de molas. Miguel se atira sobre mim de forma ávida, pulsante, vigorosa mesmo. Uau, isso não vai prestar.

Os beijos dele abrem caminho pelo meu pescoço, alcançando minha boca, já devidamente preparada para recebê-lo. Seus lábios sugam os meus com desespero e eu tenho que segurar o riso. Ele está no ponto, entrando em combustão.

Me agarro ao seu cabelo, intensificando ainda mais o beijo. Noto que ele sufoca um gemido ao mesmo tempo em que força o corpo contra o meu de um jeito inflamado, como se sua vida dependesse disso.

Ah, as paixões são deliciosamente insanas. E catastroficamente destrutivas se levadas a sério.

A mão de Miguel está no zíper lateral do meu vestido. Ele não é nem um pouco gentil ou comedido. Ouço um barulho rápido, e, na sequência, as alças saem de cena e o vestido também.

– Você continua incrivelmente linda e sexy, Clara – ele balbucia e eu me atiro sobre ele, arrancando os botões das casas quase no tapa. Não permito que a camisa saia de cena ainda. Acho muito sensual quando ela está toda aberta para o meu bel-prazer.

Minha língua não está nada a fim de permanecer na boca. Ela salta naquele tórax inacreditavelmente rígido e de pelos macios e cheirosos. Acho que acabo de revirar os olhos, numa loucura alucinógena.

– Ah, Miguel... Se você não fosse tão filho da puta nós poderíamos casar e ter filhos – digo, traçando com a língua o contorno do seu umbigo.

– Clara, com você eu topo qualquer coisa.

Abro o botão do jeans e ouço um ronronar, quase um rugido. Desço o zíper vagarosamente, só para deixá-lo mais louco ainda.

É, eu tenho o dom. Meu indicador corre pelo cós da cueca e Miguel parece que vai ter uma síncope a qualquer segundo.

Ele não quer que eu pare nem que eu saia dessa posição. Segura minha cabeça de forma que eu nem pense em fugir. Continuo provocando e sinto que ele está em chamas, assim como eu.

– Por favor... Você vai me matar desse jeito – ele sussurra enquanto se contorce. – Clara, eu faço o que você quiser.

Hum, curti tanto o tom submisso que dou o que ele quer.

Sinto-me de volta à época da faculdade, das baladas, da vida sem preocupações. Apesar de Miguel ter me traído inúmeras vezes, as coisas sempre funcionaram muito bem na cama. Era como se um soubesse exatamente o que o outro desejava, e eu nunca consegui essa conexão com outra pessoa.

Mas é carma, certo?

Sim, é um carma delicioso que acaba de me arrancar a calcinha num piscar de olhos. Nesse instante minha mente para de questionar e se entrega ao momento. Apesar de alcoolizada, capturo cada imagem, gesto e sensação como se o mundo todo tivesse deixado de existir. Só resta esse quarto... e a fricção de dois corpos em ebulição.

– Clara, você é a mulher da minha vida.

– Arram. Sei.

– Eu tô falando sério.

– Pare de falar e não pare o que está fazendo.

O lençol escorrega da cama e o colchão range sob os dois corpos suados. Minhas unhas arranham suas costas, e com isso ele parece ficar mais louco ainda. Seus movimentos são vigorosos e as posições mudam de tempos em tempos. Ele sabe fazer uma mulher se sentir desejada, viva, ardente. E, pelo visto, eu continuo mandando muito bem.

Não me satisfaço tão rápido, e ele parece gostar disso. Comigo atrelada aos seus quadris, ele caminha até o chuveiro e nós entramos debaixo da água quente, para recomeçar o que já deveria ter terminado.

Não deixo que termine nem na segunda nem na terceira vez.

Entramos no quarto round e só então eu permito que ele durma.

35

JÁ É DIA, E EU SAIO DO QUARTO NA PONTA DOS PÉS. MIGUEL ESTÁ DORMINDO DE UM JEITO TÃO ANGELICAL QUE NÃO QUERO ACORDÁ-LO. ME ASSUSTO QUANDO TROMBO COM PATTY NO CORREDOR. ELA TAMBÉM PARECE ESTAR SURPRESA POR ME VER.

Hum, tem algo errado no front.

– Ok. Você começa – proponho, de bate-pronto.

– Por que você acha eu que tenho alguma coisa pra contar? – Ela se faz de desentendida.

– Eu conheço você, Patrícia. Não tente me enganar – rebato e aguardo.

– Bom, eu não tinha nada pra fazer depois que você e o Miguel deram o showzinho no bar. – Ela olha para o teto, o olhar fugindo do meu.

– E então você e o amigo dele ficaram conversando, certo? – interpelo e ela desvia o olhar de novo. – Ah, porra, conta logo!

– Esse hotel deve ter algum tipo de afrodisíaco na água, sabe?

– ela lança, como se estivesse falando sobre algo banal.

– Ain, não acredito! E como foi?

– Nossa... Eu não sabia que precisava tanto de sexo. Juro mesmo. Parece que estou novinha em folha, sabe como é?

– Hum... Sei bem como é. – Sorrio feito uma idiota.

– O Miguel contou que eles vão embora hoje? – ela questiona, triste.

– Ele falou sim.

– E quanto a nós? – Patty me encara com um brilho diferente naqueles olhos de cor indefinida. – Vamos continuar a viagem, certo?

– Caribe? – sugiro e seguro o riso.

– Ah, vamos, por favor! – Ela toma meus ombros de assalto, chacoalhando-os. – Não quero voltar para o Brasil agora. Se não for um cruzeiro, pode ser qualquer coisa. Chile, Uruguai, até Las Vegas eu topo.

– Vegas, é? – Opa, cassinos!

– Qualquer lugar que não seja o nosso está ótimo.

– Nem precisa tentar me convencer – decido. – Daqui nós vamos para o raio que o parta, mas não voltamos para o Brasil tão cedo.

– Você merece um balde de bacon no café da manhã – ela comemora, me dando um abraço sufocante.

– Estou varada. Vamos ao bacon.

36

– Então, como foi a noite? – Patty interroga, com aquela cara de advogada em busca das evidências de um crime.

– Foi ótima, mas o Miguel não é homem pra mim. Vamos dizer que eu fechei o ciclo cármico com chave de ouro.

– Sério? Nem uma chance? – ela indaga, vasculhando minhas reações.

– Definitivamente não – encerro o assunto, enfiando um bacon crocante na boca.

– Clara, será que nós estamos chatas demais? Seletivas ao extremo? – Patty mantém o assunto vivo enquanto mastigo ruidosamente o porquinho morto. – Ninguém vai ser capaz de se encaixar na perfeição que nós estamos procurando, sabe?

– Patty, até hoje eu fui escolhida. Agora, quero me dar a chance de escolher. E não vou errar mais. Chega de ser otária.

– Concordo com você, mas ontem à noite eu fiquei pensativa

depois da transa fenomenal com o Paulo.

– Está se rendendo? – Arregalo os olhos, chocada. – Nós concordamos que só daríamos o nosso coraçãozinho estraçalhado para o cara que fizer por merecer, que cuidar do nosso órgão mais precioso como se fosse a própria vida.

– Desculpe, foi um deslize. – Ela chacoalha a cabeça, e o cabelo extremamente liso invade seu rosto ruborizado. – É que... Sei lá, pensei em dar uma chance.

– Sério? – Engasgo com o bacon e dou uma golada no café para desentalar. – Não foi só uma noitada? Ah, cara, o que você está me escondendo?

– Bom – Ela morde o lábio, procurando as palavras certas. – Ele pegou o meu telefone e disse que vai ligar assim que a gente chegar ao Brasil. Tipo um jantar, cinema, essas coisas. Ele falou alguma coisa sobre nos conhecermos melhor e tudo o mais.

– Agora eu entendi esse desespero de não voltarmos para o Brasil. Você está com medo do primeiro encontro. É isso? – Desato a rir. – Logo você?

– Não tire sarro da minha cara antes do meio-dia – ela bufa. – Ele parece ser um cara legal.

– Se você está dizendo... – Deixo a frase no ar antes de arrematar a última tira de bacon.

– Eu só preciso de um tempo, por isso quero continuar a viagem – Patty se justifica e eu nem penso em discutir a questão.

– Será que ele é um grande homem? – questiono.

– Vou precisar colocar o coração à prova para descobrir.

Patty e eu temos uma teoria interessante sobre as duas espécies de homens que habitam a face da Terra. Em nossa humilde concepção, existem os homens pequenos, seres medíocres que detonam com a autoestima feminina para se sentir superiores, comandar a relação. São covardes por natureza e controladores em sua maioria. Os grandes homens agem de forma oposta: incentivam suas mulheres a serem mais, a se tornarem melhores. Estes são corajosos, sabem que as mulheres poderosas os transformam em pessoas mais bem-sucedidas e felizes. É do segundo tipo que nós gostamos, mas não encontramos nenhum exemplar.

– Bom dia, meninas. – O tal de Paulo aparece meio que do nada e desfere um beijo demorado na mão de Patty. Ele faz o estilo romântico, e eu acho isso muito fofo. Claro que pode ser apenas atuação, e eu estreito o olhar, tentando ler as minúsculas entrelinhas.

Patty se derrete, acionando meu alerta de perigo extremo. Ou esse cara manda bem demais na cama ou é algum tipo de bruxo do mal que enfeitiçou minha amiga direitinho. Ei, Clara, a Patrícia sabe se cuidar.

Miguel aparece no restaurante minutos depois e age da mesma forma comigo. Estranho, soa como déjà vu. Será que esses idiotas combinaram dar beijos nas mãos de suas donzelas? São atores na melhor das suas performances? E por que eles fariam isso?

– Sinistro – deixo escapar quando me vejo sozinha com Patty novamente.

– Os beijos idênticos nas mãos? – ela mata a charada.

– Arram.

– Droga, Clara. Estão tentando nos seduzir. – Ela bate na mesa com a mão espalmada e eu vejo em seus olhos que está pensando o mesmo que eu.

Homens pequenos, com toda a certeza.

37

– Olha, eu poderia me apaixonar por ele...
– Patty deixa a frase inacabada e
eu arregalo os olhos, meio incrédula. – Eu sei
o que está pensando. Nem precisa falar.
Como eu posso pensar em me apaixonar depois
de uma noite só, né?

– Eu nem ia questionar, mas realmente você não é assim.

– Droga de carma! – ela esbraveja e eu nem ouso respirar. – Viu? Nós precisamos continuar viagem. Nada de Brasil pra nós, mocinha.

– Eu já concordei. Nem pense em brigar comigo, porque eu não tenho nada a ver com a sua quase paixonite aguda – revido. – Mas, olha, eu entendo. Sexo bom é foda.

– Né? – Patty me encara com olhinhos suplicantes, como se estivesse pedindo um picolé e eu não tivesse grana para comprar. – Merda, eu não tinha percebido o meu nível de carência até ontem. Se um poste me der uma piscadinha, acho que caio de quatro, fico gamadona.

– Você é humana. E é mulher. Não tem nada de errado com isso, Patty – pondero. – Nós somos fortes, não vamos morrer de solidão. Mas é óbvio que queremos um companheiro. Quem em sã consciência aceitaria viver numa ilha deserta? E outra: estamos apenas pressupondo coisas aqui, ok? Acho que você deveria aceitar sair com o Paulo quando nós voltarmos pra casa. Tipo, você tem o radar calibrado, então vai saber se o cara é um ator ou um grande homem.

– Tem razão. – Ela suga os lábios para dentro da boca, pensativa. Paramos de falar quando os dois voltam com pratos cheios e xícaras fumegantes.

– Último dia, meninas. – Paulo parece realmente lamentar. – Mas nós vamos nos ver no Brasil, certo?

– Ah, claro, sem dúvida – respondo, já traçando um roteiro mental para o Caribe.

– Vocês podiam voltar hoje também – é Miguel quem diz, acariciando minha mão. – Até quando vai o pacote?

– Amanhã à noite voltamos para Cuzco e, depois, Lima – Patty conta.

– Bom, não é tanto tempo de diferença. Assim que vocês chegarem em São Paulo, vamos marcar uma balada. – Miguel me encara com os olhos flamejantes. Sua mão não para de acariciar a minha.

– Claro. – Enrugo a testa e ensaio um sorriso. – Com toda a certeza.

38

APÓS O ALMOÇO, MIGUEL E PAULO PARTIRAM PARA O BRASIL. AMBOS FICARAM MELOSOS, CHEIOS DE MIMOS, BEIJINHOS, CARÍCIAS E PROMESSAS DESCABIDAS. NO MEU CASO, SEI QUE O TROÇO É CARMA E JÁ CHUTEI PARA BEM LONGE. AGORA, COM RELAÇÃO A PATTY, TENHO CÁ MINHAS DÚVIDAS.

– Se o Miguel é carma e o Paulo é o melhor amigo dele, com certeza é carma pra mim também – Patty começa a conjeturar enquanto caminhamos a esmo pelas ruelas de Águas Calientes.

– Cara, você não pode definir as coisas nesses termos – retruco, indignada. – Você está com medo de se ferrar, isso sim.

– E quem pode me culpar depois do que eu penei na mão do Maurício?

– Ele não é o Maurício. – Reviro os olhos. – Concordo que os dois agiram de forma muito estranha, como se estivessem mega-apaixonados e coisa e tal. Mas vai saber... Eu acredito em paixão à primeira transa. Você não?

– Essas coisas costumam terminar mal. – Patty aponta para uma lojinha esotérica mais adiante. – Será que vendem bola de cristal ali?

– Afe, quer prever o futuro, bruxa do mal?

– Não seria ruim. – Ela me puxa pelo braço e nós duas trotamos rumo à loja.

O estabelecimento é pequeno, abarrotado de produtos e tem um cheiro forte de incenso. Um tiozinho muito simpático, cheio de rugas e com um chapéu esquisito na cabeça, se aproxima e diz que nós podemos olhar à vontade.

Obrigada, tiozinho.

Vasculhamos as prateleiras, mas fica difícil distinguir as coisas diante da enormidade de ofertas de todos os tipos, cores e tamanhos. É uma bagunça nada estruturada e eu estou ficando zonza, doida pra dar uma ajeitada nos produtos.

– Nada de bola de cristal – Patty choraminga no meu ombro.

– Sério mesmo que você estava procurando um oráculo? Afe, gata, você está meio maluca – repreendo de leve. – O grande barato da vida não é exatamente a incerteza?

– Quando o seu coração não está em jogo, pode apostar que sim.

– Ei, você só está empolgada com o Paulo e a noite que vocês tiveram. É normal, Patty. Assim que nós zarparmos para o Caribe, esse cara vai ficar no passado, você vai ver.

– Que assim seja, Clara.

– Assim será.

39

Caribe, aí vamos nós!
Quase enlouquecemos os caras da agência de turismo em Lima, mas eles conseguiram nos colocar num avião para Miami. Por sorte, nossos passaportes estão em dia e os vistos americanos, idem.

Desembolsamos uma grana violenta, já que essa esticada até Miami não estava prevista, apesar de ter sido muito cogitada. Odeio deixar as coisas para a última hora, mas até que a bagunça foi divertida.

– Nós temos roupas suficientes? – Patty questiona enquanto aguardamos na sala de embarque.

– Qualquer coisa, compramos lá. Miami, baby!

– Droga, vamos torrar todo o nosso dinheiro. Que merda de mulheres nós somos?

– Mulheres que vivem, gata. – Bato firme em seu ombro retesado. – Relaxe.

– Me sinto naquele livro *Comer, rezar, amar*. – Patty me encara com uma interrogação no semblante. – Primeiro rezamos, depois amamos e agora vamos comer?

– E jogar. – Desde que fechamos o pacote de cinco dias num cruzeiro pelo Caribe, não penso em outra coisa a não ser o cassino do navio.

– Jogar? Quer perder toda a grana que suamos para conquistar? – ela se alarma.

– Ah, qual é. Nós podemos ficar ricas na mesa de pôquer. Se o Rogério trouxe algo de bom para a minha vida, pode ter certeza que tem a ver com as terças de jogatina lá em casa. Eu aprendi a blefar e rapelava os amigos dele na maciota.

– Credo. Você está falando como um bandido profissional.

– Jogadora profissional, isso sim – eu remendo, atenta ao painel de informações.

Uma voz melodiosa soa nos autofalantes do aeroporto e nós nos encaminhamos para a fila. Após a checagem de praxe, seguimos velozmente por um túnel metálico que range sob nossos pés.

– Estamos mesmo indo do Peru para Miami? – Patty questiona, meio incerta.

– É, parece que sim.

– Clara, nós somos malucas.

– É, parece que sim.

Ah, nada como a classe executiva. Poltronas que reclinam até virarem camas, cobertores e travesseiros de verdade, espaço de sobra e um coquetel de camarão com champanhe de boas-vindas.

– É a cara da riqueza, não? – comento, me refestelando com um gordo camarão.

– Eu era rica até aquele filho da puta ficar com metade da minha herança. – Patty trinca os dentes, mas logo a raiva se dissipa. – Enfim, foda-se. Um dia vou recuperar tudo, e vai ser com o suor do meu trabalho.

– Apoiada! – Bato palmas e roubo um dos camarões de Patty. Os meus já eram.

– Tire as patas do meu camarão ou eu mordo a sua mão! – ela surta.

– Credo, que falta de generosidade. – Suspiro e finjo estar magoada.

– Você sabe o quanto eu gosto de camarões gordinhos – ela revida.

– Você sabe que eles comem merda, né? – Ah, por um camarão barrigudo eu sou capaz de jogar sujo.

– Adoro merda. – Ela mastiga vagarosamente, deliciando-se bem nas minhas fuças.

– Palhaça – bufo e pesco da sacolinha de plástico o livro que comprei antes do embarque. – Cara, esse título é o melhor.

Patty olha por cima do camarão e estreita os olhos para ler. Quase engasga e eu gargalho.

– Viu? Quem mandou não dividir o camarão? – Dou um tapa nas suas costas.

– *Chuta essa merda que é carma*? – Ela lê o título em voz alta, logo depois de desengasgar e sugar um pouco de ar. – Adorei isso!

– Não é? – Dou uma piscadela e folheio o exemplar. – Se for bom, depois eu te empresto. Não sou como você, que não divide os camarões da vida, sabe?

– Afe, pegue o último – ela oferece e eu não me mexo, com medo de ganhar uma mordida.

– Sério?

– Anda antes que eu desista.

– Valeu, Patty.

Mordiscando o camarão como um rato comendo queijo, inicio a leitura pelo prólogo. Não li a sinopse, então, não sei bem o que esperar, apesar de o título berrar que se trata de assuntos cármicos.

O texto faz bem o estilo autoajuda e eu não sou muito ligada nesse tipo de literatura, mas até que estou curtindo. A linguagem é fácil e fluida, exatamente do jeito que eu gosto.

O avião decola e eu não paro de ler nem por um segundo. Não sei quanto tempo se passou, mas estou no capítulo 32 enquanto Patty assiste a uma comédia romântica na pequena TV à sua frente. Eu a cutuco e tiro seus fones dos ouvidos.

– O que foi? – ela pergunta, levemente irritada.

– Você precisa ouvir isto.

– Manda. – Ela dá de ombros e me encara, com ares preguiçosos. – Se for besteira eu vou te socar. O filme está ótimo.

– Certo. – Eu me aprumo, limpo a garganta e começo a leitura. – *Nada como uma boa transa, correto? Engano seu.*

– Opa, começou mal – Patty comenta e eu faço cara feia.

– Fique quieta e escute.

– Tá bom, foi mal.

– Continuando: *Segundo anos de estudo sobre carmas e energia, corroborados por inspirações mediúnicas, após uma transa, a energia do parceiro fica atrelada por até vinte e um dias no corpo sutil. Mas não é só isso. Parte do carma daquela pessoa se une ao campo vibracional pelo mesmo período, e você não apenas compartilha fluidos corporais e prazeres mundanos: você divide as suas cargas cármica e energética.*

– Por Deus! – Minha amiga arregala os olhos, em choque. – Caraca, gata, isso é muito, muito, mas muito mal. – Ela faz o sinal da cruz quinhentas vezes.

– Escute só isso: *Se, no período de vinte e um dias, você tiver outro parceiro de transa, a carga é triplicada, e assim sucessivamente. Portanto, pense bem no assunto. Vale mesmo a pena dividir a cama com alguém que você mal conhece? Pior do que isso: vale a pena ter inúmeros parceiros?*

– Vinte e um dias? – Patty faz cara de nojo.

– As prostitutas estão fodidas – comento.

– Esse foi um comentário redundante, gata. – Ela chacoalha a cabeça e se sacode, como se expulsasse qualquer energia ruim impregnada no corpo. – Então o famoso "lavou, tá novo" é uma farsa.

– Faz todo o sentido, não acha? Troca de energias, de carmas, vinte e um dias... – Entro em devaneios silenciosos.

– Se você for para a cama com outro homem dentro desse período, ele vai pegar a energia do outro cara e você vai absorver a energia das mulheres com quem ele andou nesse tempo. Deu pra entender? Nossa, a minha cabeça está uma zona.

– Credo! Nojento! – Agora sou eu quem expulsa energias intrusas do corpo.

– Você está levando isso a sério? – Patty está me analisando.

– É claro que sim. Você não?

– Duas freiras num cruzeiro pelo Caribe. Onde diabos fui gastar a minha grana? – ela se lamenta.

– Ei, nós temos o cassino! – Ergo as sobrancelhas várias e várias vezes.

– Clara, você é o meu carma – Patty murmura.

– Que nada. Sou o seu dharma mais lindo.

– Cala a boca. Estou voltando para o filme.

– Ei, ainda não terminei de ler! – Chacoalho o livro, revoltada.

– Ok, fale com a minha mão. – Dito isso, ela enfia os fones e me mostra sua palma.

Droga. Ela não me leva a sério.

40

TERMINO DE LER O LIVRO ANTES DO POUSO NO AEROPORTO INTERNACIONAL DE MIAMI. FECHO O TROÇO COM UM BAQUE E PATTY, QUE COCHILAVA, DESPERTA DE SUPETÃO. ELA FICA INSUPORTAVELMENTE MAL-HUMORADA QUANDO ACORDA NO SUSTO.

– Merda. O que foi? – Ela me encara com os olhos avermelhados de quem não dormiu o suficiente.

– Esse livro foi, tipo assim, um tiro nas minhas fuças.

– Não me tire o prazer de dar esse tiro, por favor. – Ela olha por cima de mim e checa a janelinha. – Ali é Miami?

– Sim, estamos descendo. Coloque a poltrona no lugar. – Jogo o livro de lado e me recomponho. – Onde eu estava com a cabeça quando comprei isto?

– Tão chocante assim?

– Bad carma, filha. Não devíamos ter ido para a cama com aqueles dois – choramingo.

– Ei, não leve isso tão a sério. Se faz você se sentir melhor, não arrume outra transa pelo período de vinte e um dias. – Patty acaricia meu ombro como se eu fosse uma criança birrenta.

– É como você disse: estamos embarcando em um cruzeiro! As transas vão estar disponíveis, sacou?

– Ai, quanto drama!

Fico em silêncio até o avião estar em solo. Patty conhece bem o meu temperamento e sabe que eu entro em greve de palavras quando me sinto em conflito. Ela apenas ri da minha babaquice e nem se incomoda com o fato.

Passamos pela imigração, pegamos nossas malas e partimos para o hotel. O navio zarpa somente amanhã, então temos algum tempo para compras de última hora. Preciso de biquíni, canga, dois vestidos e uns shorts legais.

A bordo do táxi, Patty puxa o celular da bolsa e começa a digitar uns números. Só percebo do que se trata quando ela surta:

– Gata, vou entrar no vermelho com toda essa gastação. – Ela está usando a calculadora, coisa que eu também deveria estar fazendo.

– Arram.

– Vai ficar em greve de palavras até quando? – ela indaga, irritada.

– Ah, de que adianta, né? – dramatizo.

– Quando nós sairmos daquele navio, você entra no modo "não transo com qualquer um porque isso gera carmas e energias intrusas". – Ela aguarda uma resposta e, como me mantenho calada, solta a pergunta: – Fica bom pra você?

– É, acho que sim. Eu posso conviver com isso.

– Ótimo.

41

SEGUIMOS PARA O DOLPHIN MALL LOGO DEPOIS DO CHECK IN NO HOTEL. NOS LARGOS CORREDORES DO SHOPPING, CONSTATAMOS QUE O VALOR DO DÓLAR FRENTE AO REAL NÃO ESTÁ NADA CONVIDATIVO. PORTANTO, VAMOS SEGUIR COM O PLANO, O QUE SIGNIFICA COMPRAR O ESTRITAMENTE NECESSÁRIO PARA PASSAR CINCO DIAS NO MAR.

– Estávamos no Peru, numa viagem espiritual. Agora estamos no paraíso das compras – solto no ar, nitidamente culpada.

– Somos muito espiritualizadas. Agora precisamos de uma boa dose de mundo real. Pense assim.

– Certo.

Em quatro lojas, compramos todos os itens da lista. De posse das sacolinhas, caminhamos na direção da praça de alimentação. O local está megamovimentado, com muitos brasileiros sorridentes checando suas compras em meio às bandejas.

– Eles sabem fazer contas? – Minha amiga ergue as grossas

sobrancelhas.

– Sei lá eu. – Volto para meu sushi, completamente alheia.

– Clara, você está muito dispersa. Jura mesmo que aquele livro te golpeou com força?

– Patty, essa coisa de carma, dharma, energias... Não devíamos aprender sobre isso na escola?

Patty cospe o sashimi no prato e desata a rir. Não entendo qual é a graça, mas sorrio também. Aguardo que ela se recupere e me explique a piada. Odeio rir sem saber o motivo.

– Gata, nós vivemos no planeta Terra, e aqui toda e qualquer informação relevante é escondida dos meros mortais. Os poderosos não querem uma população esclarecida, porque isso significaria que ela seria livre.

– Lá vem você com as teorias da conspiração. – Reviro os olhos. – Nova Ordem Mundial de novo?

– Chame como quiser. – Ela resgata o sashimi do prato e mergulha no shoyu. – Essas informações que estão vindo à tona ultimamente sobre energias, o poder da meditação, do pensamento positivo... tudo isso parece relativamente novo, mas não é. Está no manual da Terra, uma preciosidade que está nas mãos de uns poucos. Felizmente as pessoas estão sendo inspiradas por seres superiores e começam a redigir esse material voltado à Nova Era. Estamos tendo acesso ao que antes era restrito. Isso não é o máximo?

– Nova Era, adoro isso. É tão mágico e misterioso. – Suspiro, interessada. – Fale mais.

– Ok. Já ouviu falar sobre o Novo Casamento? – Ela toca no meu ponto fraco.

– O que é isso? – Afasto o prato e sinto meus olhos brilhando. – Você nunca me falou sobre esse assunto.

– Com a chegada da Nova Era, o Novo Casamento vai ser a

união de almas verdadeiramente afins. Os casamentos por conveniência ou por motivos menores vão estar com os dias contados.

– E os carmas? – Minha pergunta soa exigente.

– Os carmas terão se esgotado, tipo, zerados.

– Quando isso vai acontecer?

– Não faço ideia, mas ouvi algo sobre a Era de Aquário e a entrada do sistema solar no cinturão de fótons – ela explica, como se fosse uma coisa corriqueira.

– Hein?

– Deixe isso para o momento certo, combinado? Nem sei se vamos estar vivas até lá. E outra: a nossa vida acontece agora, no presente. Foco nisso, gata.

– Ah, será que vamos perder a Nova Era e o Novo Casamento? Poxa, eu já estava fazendo planos! – digo, com ares sonhadores.

– Viu? Esse é o seu mal. Pare de viver no futuro, venha já para o presente. Venha para a luz, filha! – ela debocha e eu entro no clima:

– Tô indo, mamãe!

42

– JÁ DEU UMA GERAL NESSA FILA DE EMBARQUE? – PATTY QUESTIONA E EU FICO ABOBALHADA POR ALGUNS SEGUNDOS.

É, JÁ PASSEI OS OLHOS PELA IMENSA FILA. AVERIGUEI ROSTOS BONITOS, BUNDAS BEM TORNEADAS, MÚSCULOS SALTADOS E A PROMESSA DE CARMAS COMPLICADOS NOS PRÓXIMOS VINTE E UM DIAS, CONFORME O LIVRO EXPLICOU.

– Vai ser difícil me manter centrada com toda essa masculinidade solta pelo navio – concluo. – Melhor ficar longe do álcool, assim fica mais fácil fugir dos carmas.

– Ficar longe? – Patty surta. – E onde fica a diversão nisso?

– Podemos nos divertir sem beber – retruco.

– Eu sei que podemos, mas a pergunta é: nós queremos?

– Nada de bebidas e nós vamos ficar bem. Pense: somos mulheres espiritualizadas, visitamos até um xamã muito doido e fizemos meditação no alto de Machu Picchu.

– Foi por isso que nós viemos para um convento flutuante e vamos usar cintos de castidade em forma de biquínis – ela ironiza.

– Afe.

A fila anda devagar e eu estou fritando sob o sol de Miami. O navio está logo ali na frente, tão majestoso, cheio de promessas, parecendo sussurrar nos meus ouvidos alguma espécie de cântico demoníaco, tipo: "Clara, você vai ser enredada pelos prazeres mundanos que eu ofereço. Se jogue sem pensar. Beba litros de álcool e faça muitas burradas. Vou estar ao seu dispor em qualquer cabine, em cada ficha no cassino, nas mesas do bar, nas festas na boate. Entregue-se a mim, Clara."

– Esse navio está falando comigo – murmuro.

– Oi?

– Ele está dizendo coisas que uma pessoa espiritualizada não deveria ouvir – revelo e minha amiga cai na risada.

– Caramba, você nem bebeu e já está ouvindo coisas? Houston, temos um problema.

– Tô falando sério! – estresso.

– Sei que sim, e isso é sinistro.

Uma brisa marinha gostosa sopra nossos cabelos para trás, tipo propaganda de xampu. Estou num salto anabela e faço cara de paisagem quando um bonitinho mais adiante vira o rosto em nossa direção e me dá uma secada com um sorriso sacana nos lábios.

Que comecem os jogos.

43

ESTAMOS DO LADO DE DENTRO DO NAVIO, FINALMENTE. OS CHECK INS FORAM REALIZADOS NUMA VELOCIDADE RECORDE, E AGORA NÓS SEGUIMOS DE ELEVADOR PARA O TERCEIRO ANDAR.

Não sei exatamente o motivo, mas me pego pensando que o céu não é um lugar muito atraente. Azul-claro, cheio de nuvens fofas e anjos tocando harpa. Este navio está mais para o convidativo inferno, com cores fortes, brilhos, luzes, luxo... nada entediante.

– Eu sei por que as pessoas vão para o inferno – digo, do nada.

– Clara, você usou alguma substância ilícita sem eu saber? Porque, sério, você está chapada, sabe? Que papo de doido.

– Pense comigo, Patty. – Suspiro profundamente. – O céu é todo certinho, cheio de pessoas espiritualizadas e que falam o tempo todo da energia cósmica. O inferno é mais do tipo encapetado, com festas da pesada, muito rock n'roll, e não tem hora estipulada pra dormir.

– Cara, dá pra me passar o nome do tarja preta que você tomou?

Quero ficar chapada também.

– Você não me leva a sério mesmo. Estou ficando frustrada com isso – revido, com um bico imenso.

Patty gargalha e eu bufo quando as portas do elevador se abrem. O terceiro andar é tão luxuoso quanto o lobby. O carpete vinho e prata não me deixa mentir.

– Nossas cabines ficam naquele corredor. – Patty aponta e nós seguimos até lá. – As bagagens devem chegar a qualquer momento. Não se esqueça de dar uma boa gorjeta ou não vão fazer bichinhos fofos com as nossas toalhas de banho.

– Do que você está falando? – Eu a encaro, perdida. – Depois quem toma tarja preta sou eu, né?

– Gata, eu sou rata de cruzeiro, você sabe – ela se gaba e joga o cabelo de lado, no maior charme. – Se você der uma boa gorjeta no primeiro dia, ganha bichinhos feitos com as toalhas de banho em cima da sua cama bem arrumadinha, entendeu?

– Ah, tá. – Fico pensativa por um instante. – E por que eu ia querer bichinhos feitos com as toalhas de banho?

– Você não sabe mesmo se divertir, credo.

– Tudo bem, vou dar uma gorjeta decente. – Acato o conselho da rata de cruzeiro e mato o assunto. – Piscina?

– Piscina é uma ótima ideia – ela concorda assim que encontramos nossos quartos. – Nos vemos em quinze minutos.

– Combinado.

Minha cabine tem um tamanho ótimo, e um bichinho de toalha de banho felpuda já descansa sobre a cama bem arrumada, sem precisar de uma boa gorjeta para isso. É um cachorrinho muito fofo. As orelhas foram feitas com as toalhas de rosto. Ah, que bonitinho.

Minha bagagem chega na sequência. Como Patty aconselhou, dou uma gorjeta gorda em troca de mais bichinhos de toalha. O mocinho, que arranha bem no inglês, me lança um sorriso satisfeito e fecha a porta atrás de si.

Troco a roupa numa velocidade surpreendente até mesmo para mim e checo o espelho de corpo inteiro. Dou uma piscada sensual para minha imagem e ajeito o cabelo atrás das orelhas. Apesar de estar gata, lembro dos vinte e um dias e desanimo.

– Droga, onde fui amarrar o meu carma?

44

Depois de passarmos pela simulação de emergência caso o navio naufragasse em alto-mar, subimos até o deque da piscina por uma escada chiquérrima em formato de dupla hélice. Estou me sentindo meio diva nesse cenário e incorporo o personagem quase sem perceber, erguendo os ombros, estufando o peito e encolhendo a barriga.

Meus passos são delicados e meu olhar está perdido, como uma boa lady deve fazer. Patty dá uma sonora gargalhada e imediatamente eu me retraio, percebendo a babaquice da situação.

– Sério, continue com esse ar presunçoso. Estava hilário – ela satiriza e eu fico levemente desconcertada.

– Eu só estava treinando a minha melhor postura de descaso, sabe? – começo a explicar. – Nada de sexo por vinte e um dias, está lembrada?

– Droga, eu não deveria ter permitido a leitura daquele livro.

Alcançamos o patamar superior e saímos pelas portas duplas que dão acesso às piscinas. O ar está abafado, o sol parece ter explodido sobre Miami e muitas pessoas se amontoam no bar e nos ofurôs fumegantes.

– Sopa de pessoas e filtro solar. Eca. – Eu aponto e Patty faz cara de nojo.

– Sacou os gatinhos ali no bar? – Meu olhar corre para lá. – Ah, isso sim é uma visão privilegiada.

O bar é grandioso, cheio de mesas, e está lotado. Vejo dois barmen executando performances dignas de aplauso. Então, meu olhar vai escorregando, tombando, se afogando...

– Droga, como vou manter meu celibato com tanta masculinidade em torno? – pergunto, aflita. – Eu não quero juntar os carmas do Miguel com os carmas de mais ninguém, cara!

– Pare com essa besteira e vamos tomar uns drinques coloridos.

– Está vendo? – Fico ansiosa de repente. – Começa com drinques coloridos e depois você termina numa cabine que não é a sua, ao lado de um homem cheio de carmas e energias que vão impregnar o seu corpo sutil, e aí a coisa vira uma bola de neve gigante que vai destruir o planeta Terra.

– Clara, você está surtada.

– É, eu sei! – Respiro fundo para retomar o controle. – Está muito calor, aqueles caras estão sem camisa e eu preciso de um drinque colorido.

– Ótimo. Vamos ao bar.

45

O BAR ESTÁ LOTADO DE CARAS SEM CAMISA, DESPREOCUPADOS COM A VIDA E APROVEITANDO AO MÁXIMO AS REGALIAS DO NAVIO. É DIFÍCIL CHEGAR AO BALCÃO, E VEZ OU OUTRA EU ESBARRO NUMA BARRIGA TANQUINHO, NUM TÓRAX BOMBADO E PELUDO, NUM BÍCEPS MALHADO ALÉM DO LIMITE... ESSAS COISAS BANAIS QUE NEM ME CAUSAM FALTA DE AR OU ÁGUA NA BOCA.

Estranho... Não vejo famílias nesse navio. Comento com Patty e ela concorda, procurando em volta. Nada de crianças correndo, carrinhos de bebê, babás vestidas de branco... Inusitado, para dizer o mínimo.

Passo por um moreno alto, charmoso, vestindo só uma bermuda preta que deixa sua bunda extremamente redonda e deliciosamente bem embalada. Me abano como posso e sigo Patty cortando caminho pela lateral.

Graças aos céus, finalmente aportamos no bar.

– O que vão querer? – o barman pergunta num inglês tosco, acima do burburinho incessante.

– Drinques coloridos com guarda-chuvas ridículos – Patty faz o pedido e o cara cai na gargalhada.

– Ok, drinques com arremates ridículos saindo.

Tomo um cutucão doloroso entre as costelas e, antes que mande Patty para o quinto dos infernos, o xingamento para no meio do caminho e entala na garganta, me levando a engasgar com o ar.

– Deus existe – Patty murmura.

– Puta merda, Ele existe mesmo – concordo, num sussurro inconformado.

O bonitão do cabelo ensolarado deixa um sorrisinho sensual escapar pelo canto dos lábios carnudos e eu quase tenho um troço. Meu olhar é vagaroso e dá uma geral digna de scanner, capturando todos os detalhes daquela imagem.

– Estou perdida no céu dos homens gostosos – choramingo.

– Vinte e um dias sem sexo, é? – Patty se mata de rir.

– Preciso de álcool diretamente na veia. Não, melhor do que isso: me dê um anestésico fodão. Me coloque pra hibernar, Patty.

– Ah, cala a boca – ela reclama e eu tomo outro cutucão desses que deixam marcas roxas. – Olha aquele deus ali. – Eu olho e acho que vou ter uma síncope em 3, 2, 1...

– E eu chorando pelo franzino do Rogério até alguns dias atrás. – Trinco os dentes. – Onde eu estava com a minha maldita cabeça oca? Esse navio é a abundância em forma de homens!

– O que vocês queriam? Estamos no Cruzeiro dos Solteiros. – O barman se intromete e nos entrega os drinques com um sorriso divertido.

– Hein? Oi? Como é? – Arregalo os olhos e meus lábios se entreabrem, chocados.

– Pelo visto compraram seus passaportes para esta viagem da alegria no escuro – ele debocha e dá uma piscadela. – Sendo assim, sejam muito bem-vindas ao Cruzeiro dos Solteiros!

Ain. Tô gostosamente ferrada.

Droga. Ela não me leva a sério.

46

O UNIVERSO NÃO ESTÁ COLABORANDO COMIGO. QUERO SER UMA PESSOA MAIS EVOLUÍDA, NÃO CAIR EM TENTAÇÃO, ME LIVRAR DE TODO O MAL, AMÉM... E SOU TRAZIDA AO CRUZEIRO DOS SOLTEIROS? ISSO É ZOAÇÃO COM A MINHA CARA. ALGUÉM LÁ EM CIMA ESTÁ RINDO DE SE MATAR.

Encontramos uma mesa e sentamos com nossos drinques. O calor é insuportável, e eu começo a refletir sobre o inferno. As tentações desfilam sedutoras com suas sungas, bermudas e masculinidade latente à mostra.

Droga vezes mil elevada ao quadrado.

– Esses drinques coloridos nem arranham, Clara. Eu preciso de uma tequila.

Concordo com a cabeça, enquanto meus olhos correm apressados pelo deque. Talvez eu esteja procurando a saída de emergência, quiçá resolva pular no mar e nadar até morrer, ou quem sabe mande tudo à merda e caia na farra de uma vez.

Pensando em linhas de defesa, estratégias de fuga e essas coisas paranoicas, aporto em terra... er, num cruzeiro de solteiros tão logo Patty deixa minha tequila sobre a mesa e manda esta:

– Vou esquecer o Paulo e vai ser agora.

– Por que você quer fazer isso? – indago, confusa.

– Tem cheiro de carma. Quero me livrar desse encosto – ela diz, sem olhar para mim. Sigo a direção do seu olhar e vejo um cara gatíssimo encarando-a de volta. Uia, que poder!

– Já entendi o motivo e dou o maior apoio. Vai lá. Eu sei me defender bem sozinha.

– Partiu!

Levanto o copo e observo Patty indo ao encontro do bonitão sentado solitariamente na borda de uma das piscinas. Acho que ela pede para se sentar e ele permite, de um jeito todo atencioso. Minha amiga não perde tempo.

Já eu, quando dou por mim, estou sozinha e vários olhares masculinos recaem sobre esta que vos fala. Alguns sorriem de maneira insinuante. Outros apenas checam o material. E um magrelo, que por acaso é mais corajoso que um bando de musculosos covardes, resolve se aproximar.

Meleca. O que devo fazer?

– Oi, gatinha – ele começa, num inglês com sotaque caipira.

Gatinha? Inglês caipira? Ah, não. Eu não mereço!

– Tchau, gatinho. – Chuto o carma e faço cara de paisagem.

– Está sozinha?

– Não mesmo. Meu mentor espiritual está sentado ao meu lado. Tem também uns obsessores me cercando. Ah, tem uma legião invisível de soldados com cara de mau te encarando neste exato segundo. – Dou um sorriso lateral diante da feição de pânico do magrelo. – Na boa, acho melhor você se mandar.

– Desculpe. Já estou indo.

E não é que ele se mostra um covardão? Hehehehehe, eu não presto.

De posse da minha tequila, resolvo dar uma esfriada no corpo suado. Entro na água geladinha e beberico do copo decorado com sal. Sem querer querendo, ouço o papo de Patty com o bonitão de pele dourada, barba lindamente bem-feita e cabelo escuro. O sorriso dele é uma espécie de bálsamo, e eu saco que minha amiga está megainteressada. Pesco que o nome dele é Davi e sei o quanto ela curte nomes bíblicos. O diálogo está rolando assim:

– Olha você tem um sorriso incrível, mas não confio em homens de óculos escuros – Patty diz, sorrindo.

– Nós temos isso em comum. Também não confio em mulheres de óculos escuros – o cara afirma.

O interessante é que ambos estão usando óculos escuros. Franzo o cenho, buscando entender essa conversa de malucos. Apuro os ouvidos:

– Bem, vamos brindar a isso. À total falta de confiança. – Patty levanta o copo e o morenão da pele dourada brinda com ela.

– E aos óculos escuros – ele completa, e nenhum dos dois faz menção de tirar o acessório. Gente. Depois eu que sou débil mental.

Do outro lado da piscina, saco um cara me olhando. Não sou fã de ruivos, mas esse vale muito a pena. Não me mexo, afinal prometi celibato por vinte e um dias e vou cumprir o acordo. Se eu não me levar a sério, quem vai levar?

O ruivo mergulha e eu noto a perigosa aproximação. Borboletas atômicas explodem no meu estômago e eu viro a dose de tequila de uma vez. Me ajeito, tentando em vão me manter sã e salva do perigo real e imediato.

– Oi – o ruivo começa. Parece ter sotaque australiano, mas não dá para saber ao certo.

– E aí?

– Vi você e sua amiga no check in – ele diz e aguarda que eu continue o papo.

– Sério? Não vi você.

– Mas agora está vendo.

– Será mesmo? – Olho para o céu sem nuvens e questiono o universo. Por que um Cruzeiro de Solteiros, hein? Não poderia ter sido da terceira idade? De mulheres que chutaram os seus carmas e resolveram ser felizes sem precisar lavar cuecas e aguentar homens pequenos?

– Poxa, eu estou bem aqui. – Ele faz cara de cachorro perdido e me arranca uma risada.

– Ok, qual é o seu nome? – Resolvo dar uma chance.

– Jason. E o seu?

Nesse ponto, resolvo engatar uma conversa tranquila com o tal do Jason, demonstrando claramente o meu desinteresse em me atracar com ele na piscina ou em qualquer outro local.

Apesar de sacar que estou fechada para balanço, ele não arreda o pé. Pede mais duas doses de tequila e a conversa avança, me mostrando que nem tudo é o que parece. Jason é um cara legal, fala um inglês manso e eu começo a pensar... Quem sabe?

47

NÃO ACREDITO QUE TIRAMOS UMA SELFIE DESSA. SÉRIO. PATTY E EU ESTAMOS CERCADAS POR UNS VINTE CARAS DENTRO DE UMA PISCINA QUE PARECE PEQUENA DEMAIS PARA TANTA VIRILIDADE. JASON ESTÁ COM A MÃO NA MINHA CINTURA E EU ESTOU ZONZA DEPOIS DE UM DRINQUE COLORIDO E QUATRO DOSES DE TEQUILA.

Merda, merda, merda.

Patty publica a foto no Facebook e, claro, marca todos os caras e sua melhor amiga. Não demora muito e ela me encara, com um semblante que reconheço bem. Algo divertido aconteceu no mundo virtual.

Eu me aproximo, com Jason na minha cola. Peço um espaço para respirar e o cara, a contragosto, resolve dar um tempo. Patty me mostra o celular e eu ergo as sobrancelhas, desatando a rir na sequência.

Mais de duzentas curtidas e vários comentários na selfie. Mas dois comentários em particular me fazem perder o fôlego de tanto gargalhar. A coisa procede assim:

Comentário 1: Onde vocês estão? Pensei que já estavam no avião, voltando para o Brasil! Clara, fale comigo! Me adiciona, por favor!

Comentário 2: Eu avisei que essas duas não prestam, Miguel. Aliás, estou desmarcando nosso jantar, Patrícia.

Patty e eu nos entreolhamos e a força da risada é maior do que qualquer outra coisa. Quando o acesso passa, finalmente pergunto:

– Adicionou o Miguel e o Paulo no seu Face?

– Eu não contei para você? – Ela desliga o celular. – Eles me solicitaram amizade. Você não está checando o seu perfil?

– Não. Quero que o mundo virtual exploda e não sei bem o motivo.

– Eu sei. – Ela fixa o meu olhar. – Você quer viver de verdade. Simples assim.

– É isso aí, falou bonito. – Fico reflexiva de repente. – Você perdeu o Paulo.

– E você perdeu o Miguel.

– Era carma – retruco.

– O Paulo também era.

– Ele disse que a gente não presta. – Faço bico.

– Talvez ele tenha razão. – Patty dá de ombros. – Qual é a do ruivo, Clara? – Ela aponta com a cabeça na direção de Jason.

– Você sabe o que ele quer. – Reviro os olhos.

– E você? – ela indaga, na expectativa.

– Vamos descobrir na festa de logo mais.

48

Estou pronta para a festa.
Dou uma olhada no espelho de corpo inteiro e gosto da imagem que encontro. Escolhi um vestido vermelho, acinturado e evasê. O comprimento está dois palmos acima dos joelhos e minhas pernas ficam um espetáculo sobre o salto agulha.

O make não está pesado, mas abusei um pouco na região dos olhos, esfumando nas laterais. Para contrabalancear, estou usando um gloss clarinho, um tom cor de boca bem chique.

Arremato o visual com acessórios indispensáveis e um perfume delicioso que Patty me deu no Natal. Gosto tanto do aroma que o frasco não sai da minha bolsa, e estou ficando triste porque só faltam umas borrifadas para o fim eterno. Bom, devo encontrar esse mesmo perfume por um preço legal no free shop. Vou incluir na minha lista de compras.

Rogério me vem à mente do nada. Trinco os dentes e cerro os

punhos, muito puta comigo mesma e com meu cérebro terrorista. Será que não dá para apagar esse filho da puta da linha da minha vida?

Carmas não se apagam... se superam.

Com essa frase, empino os peitos e respiro profundamente. Acho que aprendi a lição sobre essa coisa de se valorizar e tal. Sou muito mulher para aquele imbecil. Quem perdeu foi ele, não eu.

Também me pego pensando em Miguel. Bom, eu não prometi nada. Deixei bem claras as minhas intenções egoístas. Ele topou porque quis. O comentário que escreveu no Face de Patty foi no mínimo intrigante, mas eu chacoalho o cabelo escovado e resolvo esquecer o assunto.

Duas batidas à porta da cabine. Giro a maçaneta e encontro uma Patty estonteante, com um vestido que valoriza suas curvas e deixa seu colo incrivelmente sexy. O tal do Davi vai cair de quatro, não tenho dúvida.

– Uau, você está um arraso, gata. – Patty ajeita meu decote. Para baixo, claro.

– Você também não deixa por menos – observo. – Tudo isso é pro Davi?

– Não, tudo isso é pra mim. Mas o Davi pode aproveitar. – Caímos na risada.

Patty pega minha mão de um jeito sentimental. Alisa meu dedo anelar com uma expressão reflexiva. Me arrepio quando ela me encara, de forma muito profunda e cheia de significado.

– Ele está chegando, Clara. – A voz dela é um sopro, tipo um sussurro mediúnico.

– Credo. Ele quem? – Um medo repentino rasga minha espinha.

– O cara.

– Que cara? – Recuo um passo e observo seu semblante. – Você ainda está bêbada? Fumou alguma coisa que eu deva saber? Tomou seu tarja preta hoje?

Patty se sacode como quem tira um encosto do corpo. Faço o sinal da cruz e aguardo. Minha amiga me encara com aqueles olhos de cor indefinida e sorri. É um sorriso singelo, puro. Vejo que não há o que temer.

– É você quem habita esse corpo, Patty? – questiono, preocupada.

– Eu estava aqui o tempo todo – ela revela. – Mas ouvi o que a minha boca disse. Seja lá quem me usou pra te passar esse recado, está com a razão. Sinto essas palavras como verdade absoluta, e isso é muito bizarro.

– Patty, além de bruxa você é médium? – estreito o olhar e perscruto minha amiga.

– Se sou, eu não sabia até este exato momento.

– Choquei. – Estou boquiaberta.

– É, eu também.

49

ENQUANTO CAMINHAMOS PELOS CORREDORES LUXUOSOS DO NAVIO, PATTY RESOLVE EXPURGAR PAULO DE SUA VIDA. FALA PELOS COTOVELOS E TENTA ME PROVAR QUE O CARA É UM CARMA DO QUAL ELA SE LIVROU AO CONHECER DAVI.

– Patty, como você pode afirmar uma coisa dessas? Vocês tiveram uma noite quente, e, pelo que eu me lembro, você ficou quase apaixonadinha.

– Caí na real, filha. Eu queria tanto encontrar o cara para-todo-o-sempre-e-fim que não estava pensando direito. E você tinha razão: este cruzeiro deixou o Paulo lá no passado. O que aconteceu em Machu Picchu ficou em Machu Picchu.

– Ok. Se você está dizendo...

Vejo a balada mais ao longe. Esta é a noite do capitão, uma festa clássica nos cruzeiros. O tum-tum-tum rola solto na boate e há um clima de mistério no ar, devido à iluminação e aos canhões que soltam uma fumacinha com um aroma meio entorpecente.

– Droga. O tempo não poderia simplesmente acelerar? – indago para o nada.

– Tipo, avançar vinte e um dias? – Patty cai na risada. – Ai, Clara, você me mata.

– Não vou conseguir escapar do Jason. Ele está muito animado, sabe?

– Dá uma chance pro cara.

– Tem tanta mulher solteira neste navio. Por que ele encanou comigo?

– Porque você é gata e muito gente boa. – Ela dá um tapinha no meu ombro. – Relaxe e curta a noite.

Entramos na boate com o pé direito. Dou uma checada geral e a visão faz os meus olhos saltarem das órbitas. O que vejo é um bando de mulheres desesperadas e homens no paraíso.

– Cara, isso não é de Deus – murmuro, inconformada.

– Deus está no céu. Aqui é o planeta Terra.

– Não. Aqui é o inferno e o capeta está sendo servido naqueles copos ali. – Aponto para um garçom e sua bandeja repleta de bebidas demoníacas. – Patty, eu quero evoluir.

– Justamente hoje, Clara? – Ela revira os olhos, entediada. – Por favor, vamos nos divertir e deixar a evolução para o final da viagem, combinado?

– Não sei não. – Engulo em seco e cruzo os braços, numa tensão que surgiu do além.

Patty bufa, contrariada. Ainda assim, toma minha mão e nós caminhamos em direção ao bar. Ela pede um drinque sem álcool para mim e uma dose de caubói para ela.

– Sério? – Olho para meu copo sem graça e comparo com o uísque dela.

– Não quer evoluir? – ela metralha. – Aí está.

– Não tem nada divertido nisso – resmungo.

– Não mesmo. Mas, já que você prefere escalar o monte espiritualista num cruzeiro de solteiros, nada de álcool pra você – ela adverte e eu fecho a cara.

O conteúdo do copo é tão sem gosto como eu supunha. Faço uma careta quando Patty pede outra dose de caubói. Como vou me divertir sendo a única pessoa não alterada alcoolicamente nessa boate?

– Ok, eu quero uma dose – peço, resoluta.

– Tem certeza? – Patty me encara demoradamente.

– Sou capaz de tomar só uma dose e ficar no controle. É só um trago pra relaxar. Coisa básica.

– Hum, vamos ver até onde vai esse seu autocontrole...

50

O AUTOCONTROLE FOI PARA O ESPAÇO SIDERAL NUMA NAVE DE PROPULSÃO ATÔMICA. A ESTA HORA, DEVE ESTAR EM OUTRA GALÁXIA, SURTANDO COM A VISÃO ATERRADORA DO INFINITO. UAU, AS SEIS DOSES DE UÍSQUE BATERAM FORTE.

Estou dançando como uma louca no meio da pista. Quase subi na mesa, mas Patty ainda está no controle de si mesma e não permitiu tamanho disparate. Ah, cara. Onde foi que eu perdi a noção?

As mãos de Jason estão bobas, meio que subindo e descendo por lugares que não deveriam ser explorados em público. Dou um tapa dolorido no ombro dele. Será que também perdeu a noção?

Patty e Davi estão jogando conversa fora no bar e parecem ser os únicos adultos nessa boate. Olho para os lados e só vejo casais se pegando sem o menor pudor. Gente, onde diabos me enfiei?

– Na minha cabine ou na sua? – é o sussurro quente que escuto no meu ouvido.

– Como é? – Afasto Jason com outro tapa. – Nós nem conversamos direito.

– Conversar pra quê, Clara?

Nesse instante, um raio vindo diretamente do céu clareia minha mente e a bebedeira passa como que por encanto. Analiso a cena em câmera lenta. Apesar de Jason ser um cara bonitinho, é tão ordinário quanto todos os carmas que já passaram pela minha vida.

– Na boa, procure outra companhia – mando essa e tomo o rumo do bar.

No meio do caminho, sinto os dedos dele se fechando no meu braço e sou puxada com certa violência para trás. Ficamos cara a cara e eu noto que ele está puto não só pelo meu descaso, mas também pela petulância de dispensá-lo.

– O que você pensa que está fazendo? – Jason me questiona como se fosse meu dono.

– Estou me livrando de você.

– O que eu fiz? – Ele ergue os braços, e seu semblante denota que realmente não compreende.

– Olha, não tem nada a ver com você. Sou eu, beleza? – explico, na maior calma. – Eu não deveria estar aqui. Não quero estar aqui.

– Como é? – Ele me encara como se eu fosse louca. – Quer dizer que eu perdi meu tempo e minha lábia com você?

Eu deveria ficar chateada e muito irritada com essa pergunta, mas isso simplesmente não acontece. Entendo o lado dele. Esse cruzeiro deveria mudar de nome para algo do tipo "transas fáceis sem muita conversa".

– Desculpe, Jason. – Mordo o lábio e sou a face da compreensão. – Não perca mais seu tempo ou lábia comigo. Tem muitas mulheres neste navio que adorariam conhecer a sua cabine.

– Que droga, Clara. – Ele está bravo e deixa isso bem evidente. – Temos mais cinco dias a bordo. Você ainda não perdeu nada.

– Aponto para um grupinho de mulheres num canto. – Olhe aquela loira. É o seu número.

– Se eu quisesse a loira, teria ido até lá – ele bufa. – Estou a fim de você, Clara.

– Desculpe, mas realmente não vai rolar – aviso, solene. – Podemos ser amigos durante o resto da viagem, o que acha?

– Não vim até aqui pra fazer amizade – ele rosna.

– Nesse caso, até nunca mais, Jason. – Dou um beijinho na bochecha quente do meu ex-futuro amigo.

– Até nunca mais.

Com o coração tranquilo e certo alívio na alma, vou em direção ao bar sem Jason na minha cola. Peço água e dou uma sondada nos amendoins nojentos sobre o balcão. Afe. Nem pensar em comer isso.

Patty pede um tempo para Davi e se aproxima a passos rápidos. Dá uma checada no meu semblante e suspira em alívio. Estou sóbria, que maravilha. Ela senta ao meu lado e pergunta:

– Dispensou o bonitinho do Jason, acertei?

– Ele só queria transar, e, na boa, não quero mais isso para a minha vida.

– Uau. – Ela sorri, orgulhosa. – Eu quase pensei que você ia sucumbir. Estou novamente impressionada, Clara.

– Viu? Eu tenho salvação. – Bebo uma golada d'água e me levanto. – Volte para o seu Davi que eu vou para a minha cabine. Sozinha, só pra constar.

– Está se sentindo bem com isso? – ela indaga.

– Maravilhosamente bem.

– Excelente. – Ela me dá um beijo no rosto e arremata: – Bem-vinda ao mundo do amor-próprio.

– Obrigada. – Faço uma mesura exagerada e me despeço, tomando o rumo da saída.

51

O DIA NASCEU NUBLADO, MAS NEM POR ISSO DEIXA DE ESTAR BONITO. O MAR ESTÁ AGITADO E EU FICO OLHANDO PARA AS ONDAS QUE SE FORMAM DA JANELA DA MINHA CABINE. SÃO DEZ DA MANHÃ E A FOME RESOLVE DAR UM OLÁ.

É óbvio que Patty está muito bem acompanhada na cabine ao lado, ou talvez esteja no quarto de Davi. Tive uma boa impressão do cara. Tomara que minha amiga tenha se dado bem.

Visto short jeans e baby look cor-de-rosa. Calço uma rasteirinha e sigo na direção do “Fome Zero”, apelido carinhoso que eu e Patty demos ao restaurante vinte e quatro horas do navio.

Tem gente saindo pelo ladrão, mas encontro uma mesa legal bem perto das portas duplas que levam ao deque da piscina. De posse do meu bandejão, é para lá que eu vou.

Vejo Jason em companhia da loira que apontei na boate. Sorrio mentalmente e eles passam por mim sem cumprimentar. Afe, que coisa ridícula. Dou um suspiro resignado, mas é como eu sem pre digo: "Carma. Não existem níveis seguros para o consumo dessa bagagem do capeta".

Nem me sinto mal. Jason se mostrou um cara bem imaturo, e de homens infantis estou de saco cheio. Sendo assim, vou comendo meu cereal com leite na maior preguiça, olhando para o nada e refletindo sobre minha vida daqui por diante.

Eu tenho que me tornar exatamente o que quero para mim. Ok, nem eu mesma entendi direito essa declaração. Vou tentar novamente: eu tenho que me tornar uma mulher incrível, de sentimentos nobres e rica em sabedoria existencial. Só assim vou atrair um homem com essas características, porque, diferentemente do que dizem por aí, não são os opostos que se atraem, mas sim os iguais.

Satisfeita com meus devaneios e me sentindo o máximo por estar evoluindo como pessoa, deixo a bandeja de lado e sigo para o corredor central a caminho do cassino.

Ok. Evolução e cassino não combinam muito bem, mas, cá entre nós, nada como uma boa jogatina para aliviar as tensões sexuais. E tenho dito.

52

ANTES DE ENTRAR NO CASSINO, ENCONTRO PATTY NO CORREDOR E DESCUBRO QUE ELA ESTAVA À MINHA PROCURA. NÃO FALA COISA COM COISA. NA VERDADE, ESTÁ COMENDO AS PALAVRAS, NUMA ANSIEDADE SEM TAMANHO.

Seguro firme seus ombros e quase dou um tapa na sua cara. Quando faço menção de levar esse desejo a cabo, Patty respira fundo uma, duas, três vezes. A calma se instala, e então eu posso entender o que ela diz:

– O Davi é tipo assim O Cara. – Ela me olha com pavor.

– Ok, e daí? – Ergo as sobrancelhas.

– Como assim e daí? – Patty surta. – Eu queria esquecer a quase paixonite aguda que estava tendo pelo Paulo, e quando vi o Davi na piscina pensei: é o cara! Mas eu não pensei que fosse O Cara, entendeu? Está me ouvindo?

– Perfeitamente. Meus ouvidos gozam de plena saúde.

– Clara, diga alguma coisa decente!

– Parabéns? – arrisco, com um sorriso divertido. – Patty, você encontrou um cara show. Qual o problema?

– Não é um simples cara show! É O Cara. Agora... E se não for O Cara e eu estiver me enganando? – Ela está realmente apavorada. A situação é cômica.

– Você mesma disse que ficar questionando "e se" é um troço muito ruim, que só gera sofrimento. Você está lá no futuro e o Davi está aqui no presente, neste navio. Olha, eu estava prestes a torrar a minha grana no cassino, mas, considerando o seu desespero, acho melhor tomarmos um café. Topa?

– Cafeína pode ser um bom calmante – ela concorda, um tanto avoada. – Clara, o meu coração despertou pra valer.

– Já saquei. Venha. Vamos tomar uma dose cavalar de café na veia.

Meio triste, dou um tchauzinho para o cassino e suas luzes piscantes e hipnóticas. Bem, temos quatro dias pela frente, e em algum momento de insanidade vou conseguir perder uma grana nas máquinas e também no pôquer.

Dois corredores depois, entramos no café. Está praticamente vazio, e o garçom nos atende prontamente. Pedidos feitos, o cara se manda e nós podemos conversar com mais tranquilidade.

– Certo. Me conte tudo com muita calma, sem engolir palavras – peço, muito zen.

Patty suspira alto e esconde o rosto entre as mãos. Não digo nada, apenas aguardo. Finalmente ela resolve me encarar, mas demora demais para falar. Parece estar conversando com seus botões. Bom, não tenho nada de útil para fazer, então não vou surtar.

– Ele é um grande homem.

Arregalo os olhos, pasma. Como ela pode saber algo desse naipe em pouco menos de vinte e quatro horas?

– Em que sentido, Patty? – Faço uma pausa e questiono: – Grande de grande? Ou grande de grande? – Minha pergunta se dividiu em duas partes e contou com a ajuda da mímica. Na primeira parte fiz um gesto clássico que mede o tamanho do membro masculino. No segundo questionamento, foi uma coisa mais sentimental, medindo a grandeza das atitudes e essas coisas legais.

– Clara, eu não dormi com ele. Não sei o tamanho da coisa.

– Oi? Como assim não dormiu com ele? – Tô surtada pra valer. – Me ilumine aqui, pelo amor dos deuses dos solteiros! – Busco a calma transcendental dos mestres budistas. – Patty, ele não quis ou você não quis?

– Eu recuei. E ele sorriu e disse: "Sempre falei para os meus amigos que, no dia em que encontrasse uma mulher que resistisse ao meu assédio e não fosse pra cama comigo logo no primeiro encontro, bem, eu me casaria com ela".

Desato a rir e engasgo com o ar. Patty me encara de um jeito torto, como se eu estivesse zombando da coisa toda. Não é bem assim. Ficou óbvio que Davi estava jogando com essa insinuação.

– Desculpe, Patty.

– Ele parecia sincero, Clara.

– Os homens são atores, você sabe.

– É estranho dizer isso, mas senti um baque ontem. Uma certeza.

– E o Davi? – lanço a pergunta e fico na expectativa.

– Vi essa mesma certeza doida nos olhos azulados dele. – Ela captura um pouco de oxigênio e continua: – Já ouvimos tanto falar em encontro marcado, reencontro de almas e essas coisas... Foi o que eu senti ontem enquanto conversávamos. Era como se eu estivesse revendo um velho amigo.

– Uau, gata. Então isso existe mesmo? – indago, sonhadora.

– Bom, se eu não estiver enganada, parece que sim.

53

NO DEQUE DA PISCINA, ESTIRADA NUMA ESPREGUIÇADEIRA QUE RANGE IRRITANTEMENTE QUANDO ME MEXO, FECHO A REVISTA DE MODA E OBSERVO PATTY E DAVI AO LONGE. ELES ESTÃO NO BAR, TOMANDO CERVEJA E CONVERSANDO HÁ MAIS DE DUAS HORAS.

É muito assunto, não?

Se esse realmente for um encontro do destino, faz sentido. É uma vida de assuntos para serem colocados em dia, e eu me pego questionando se algum dia também vou encontrar alguém destinado a mim.

Droga. Não quero pensar nisso agora.

Dou uma geral nos solteiros de plantão. Alto demais. Loiro demais. Gordo demais. Barbudo demais. Baixo demais. Troncudo demais. Gay demais. Afe, nada está me agradando hoje.

Sendo assim, volto para a revista de moda. Folheio as páginas já lidas, só para passar o tempo. Não estou a fim de ir para a academia, nem para o café, nem para as lojinhas, nem para a piscina, nem para... Ops, o cassino!

Levanto-me de supetão. Deixo a revista sobre a espreguiçadeira e tomo o rumo dos elevadores. Com um sorrisinho perigoso nos lábios, meus passos são apressados. Como não tinha me lembrado do cassino?

Aperto o botão verde quinhentas mil vezes. O elevador demora a subir e eu fico indignada. Antes que tenha um surto de ansiedade, resolvo descer as escadas laterais e já sinto a comichão se instalando.

Adoro um jogo de azar.

Quando eu era mais nova e os bingos ainda funcionavam, lembro que gastava uma grana violenta nesse tal de perde e ganha. A coisa era tão viciante que cheguei ao ponto de abrir uma conta só para a jogatina.

Valha-me Deus. Por sorte os bingos foram proibidos no Brasil. Amém.

Estou praticamente trotando pelos corredores, e as pessoas me olham como se eu fosse doida. Confesso, se um terapeuta me analisasse, eu teria sérios problemas a resolver. Como nem penso em deitar num divã tão cedo, esqueço o assunto da minha sanidade mental.

Faço uma curva e lá está. Ah, o cassino! Esse colorido, essas luzes, esse luxo, essa perdição! Estou a ponto de me ajoelhar e reverenciar o filho da mãe que criou a jogatina, mas me contenho. Não sou tão demente assim, ou talvez eu goste mesmo de me enganar.

Hum, cem reais é mais do que suficiente para começar. Poxa, mas vou mesmo torrar cem paus em jogo? Por que eu faço esse tipo de coisa? Me deixe pensar... Ah, sim, porque é legal e dá uma baita adrenalina.

Nesse caso, vamos às fichas.

54

Depois de passar pelo câmbio e colocar minha grana num cartão desses que parecem de crédito, começo a jogatina em uma máquina barulhenta, dessas em que as figuras precisam combinar.

Perco a primeira rodada.

Ops, a segunda também.

Ah, merda. A terceira já era.

Após a décima rodada, meu cartão para de funcionar e eu constato que perdi cem realetas no caça-níquel em menos de oito minutos. Ah, sua máquina descarada. Isso não vai ficar assim! Fuço na bolsa e tiro mais cem reais. A caminho do caixa, paro um instante e penso mil vezes. Bom, não posso deixar uma máquina me roubar na maior cara dura. Quero minha grana de volta.

Nova troca de câmbio e cartão abastecido.

Resolvo partir para o vinte e um. Perco a primeira, ganho a segunda e daí em diante minha grana escoa como areia entre os dedos. Mas que meleca! Será que minha sorte tirou férias? Está lá no deque da piscina agarrada em algum ser musculoso?

Antes que eu faça uma nova troca de câmbio, uma mão segura bem firme o meu braço. Giro o pescoço e Patty me encara como quem diz “te peguei no flagra, mocinha”. Nem sei o que dizer. Estou depressiva e duzentos reais mais pobre.

– Quanto você perdeu? – ela quer saber.

– Ah, isso não vem ao caso – tento escapar pela tangente.

– Quanto, Clara?

– Duzentinhos.

– Afe. Vamos tomar alguma coisa.

Cabisbaixa, saio do cassino me sentindo péssima. Tenho vontade de chutar a máquina ladra, mas Patty não permite. Ela está dizendo alguma coisa a respeito de jogos de azar e máquinas adulteradas, mas eu estou tão longe, tão agarrada ao dinheiro que perdi, que nem escuto direito.

Paramos num boteco bem movimentado e as risadas preenchem o ambiente. Tomamos assento de frente para o balcão e pedimos cerveja e uma porção de camarão.

– Onde está o Davi? – pergunto, numa tristeza sem precedentes.

– Mandei jogar sinuca com os amigos.

– Mandou? – A deprê pós-cassino dá um tempo e eu dou uma risadinha. – Então o macho da relação é você? Já colocou o seu pau na mesa e mediu com o dele?

Patty solta uma gargalhada e eu entro no clima. Esqueço os duzentos contos e me concentro na cerveja, nos camarões graúdos que acabam de chegar e também no que minha amiga tem para contar.

– Ele é um cara muito legal, Clara. De verdade.

– Que bom. Fico feliz. Mas você não disse ainda quem é o macho da relação.

Outra gargalhada e Patty resolve o impasse:

– Eu queria ficar um pouquinho com você, sua besta. Os amigos dele estavam indo para a sala de jogos e eu sugeri que ele fosse também. Só isso. Nada de medir o pau, tá?

– Então, sobre isso... Nada mesmo de medir o pau? – provoco.

– Se você quer saber se eu vou para a cama com ele ou não, vamos deixar rolar, ok?

– Ok.

55

DAQUI A POUCO TODOS OS SOLTEIROS E OS CASAIS QUE JÁ SE FORMARAM ESTARÃO REUNIDOS NO SHOW QUE VAI ROLAR NO MEGATEATRO DO NAVIO. PATTY E EU ESTAMOS DO LADO DE FORA, APRECIANDO A BRISA SALGADA DO MAR.

O clima de amor está no ar, e eu estou me sentindo um peixe fora d'água. Ok, tive algumas oportunidades de engatar qualquer coisa, mas, na boa, nenhum dos caras despertou meu lado vadia, nem meu lado romântico.

Mesmo diante da frustração, não esmoreço. Decidi que só vou arriscar se sentir um baque, um troço diferente no peito. Até o presente momento, só senti dores de cabeça pelo volume alcoólico ingerido.

– E onde está O Cara dos olhos azulados? – pergunto, com o rosto voltado para a lua cheia.

– Vai nos encontrar na porta do teatro. Depois a festa vai rolar no deque.

– Você ainda acha que ele é um grande homem?

– Até o momento sim – ela responde, com uma certeza impossível de ignorar. – Clara, sinto que o universo ouviu as minhas preces.

– Amém, não? – Tombo a cabeça de lado e encaro minha amiga com uma alegria genuína.

– Amém vezes um milhão!

Deixamos a lua e a brisa marítima onde estão e seguimos para o teatro. Estou vestindo uma combinação de saia envelope e blusinha caída nos ombros. Patty está deslumbrante em um vestido fluido floral.

No caminho, faço a pergunta que não quer calar:

– É hoje? – Dou uma risadinha safada.

– Clara, eu já falei. Vamos deixar rolar.

– Ah, Patty, nós temos só mais quatro dias. Você precisa fazer o test drive turbinado. Ele não é um grande homem? – Ela assente, em confirmação. – Então! Está esperando o quê?

Nos aproximamos do teatro e Davi está na porta, conforme combinado. Seus olhos azulados se fixam em Patty de uma forma tão profunda que me arranca um suspiro extasiado. Ele está tão ou mais vidrado que minha amiga, e isso é tão legal.

Os amigos dele dão tapinhas em seu ombro e ele apenas sorri, jogando o cabelo de lado, no maior charme. Patty se derrete e, tipo assim, estou achando tudo isso o máximo.

Sou apresentada aos amigos de Davi, e um deles me dá uma encarada de cima a baixo. Seu nome é Rafael, e logo engatamos um diálogo sobre viagens, vida profissional, essas coisas. Quando o show começa, calamos a boca e cantamos junto com a banda cover do U2.

Patty e Davi não desgrudam. Atrás da minha amiga, ele a laça pela cintura e eu vejo declarações ao pé do ouvido e beijos escaldantes no pescoço. Ah, cara. Ela não vai resistir por muito tempo. Manda ver, Davi!

Rafael passa o braço sobre meus ombros. Apesar de ter sido pega desprevenida, não recuo. Deixo que ele me puxe para mais perto e comece a dizer o quanto sou linda e cheirosa e macia e vitaminada e incrível e por aí vai.

Não me sinto muito à vontade, mas, sinceramente, estou precisando de um pouco de confete. Permito que ele continue os galanteios, mas, de repente, a boca dele no meu pescoço causa um efeito catastrófico e liberta uma devassa que deveria ficar em cárcere privado pelos próximos vinte e um dias.

Quando dou por mim, estou aos beijos com um cara que acabei de conhecer. Ok, isso não é novidade, já que eu cheguei a vencer uma aposta numa festa do colégio. Beijei oito bocas numa noite, uma idiotice sem tamanho. Beijar nunca foi problema pra mim.

Os amassos começam a esquentar o clima. As mãos dele se fixam nos meus quadris e logo sobem pelas laterais do meu corpo, num desejo abrasador. Nossa, esse cara está mexendo com as minhas estruturas e despertando tudo o que não deveria.

Ai, droga. Acho que os vinte e um dias de celibato estão com as horas contadas.

56

O SHOW ACABA E NÓS VAMOS DIRETO PARA A FESTA NO DEQUE. O SOM TECHNO É PESADO E AS BANDEJAS CIRCULAM COM BEBIDAS PEGANDO FOGO, UM TROÇO MUITO DIVERTIDO. RAFAEL PEGA DOIS COPOS FUMEGANTES E ME ESTENDE UM. O LÍQUIDO É ADOCICADO E EU JÁ PREVEJO UMA RESSACA DAQUELAS SE EXAGERAR NA DOSE.

Sendo assim, beberico vagarosamente para durar mais tempo.

Davi e Patty estão dando um show na pista de dança improvisada. Logo Rafael me puxa para lá e eu solto meu lado nem aí com nada, dançando como se não houvesse amanhã.

As mãos de Rafa me prendem de uma forma surreal. Quero resistir e não consigo, um troço muito doido. Ele me diz as coisas certas ao pé do ouvido, e minha previsão é a de que vou sucumbir antes de a noite chegar ao fim.

Olho para os lados, e a pegação é geral. Me sinto estranha, como se este não fosse o meu lugar no mundo. Mas e daí? Ligo o foda-se e, pouco antes das três da manhã, deixo que Rafael tome minha mão e me guie para sua cabine.

O caminho é feito entre tropeços e beijos inflamados. Sou atirada numa parede, pressionada no corrimão da escada, jogada contra a vitrine de uma loja fechada, essas coisas quentes.

Nada de útil é dito quando chegamos à cabine propriamente dita. Entre gemidos, sussurros e um desejo escaldante, as roupas vão caindo ao chão, uma a uma. Algo está fora de esquadro. Eu não deveria estar aqui. Ainda assim, prefiro ouvir a voz do tesão exacerbado que grita em alto e bom tom: "Aproveite sem moderação".

Vou aproveitar, sim.

Rafael não é um cara bonitão, mas tem um charme indiscutível. E sabe bem jogar com as palavras. Ele acende algo em mim, um lado instintivo e predatório. Ok, essa é a minha sombra, uma face da moeda que tento esconder até de mim mesma.

Eu tenho desejo e sou desejável. Qual o problema nisso?

Aí me lembro do livro do carma e compreendo. O problema é exatamente esse, ceder aos desejos sem pesar consequências. As paixões arrebatadoras são uma loucura sombria que pode arrebentar a vida de uma pessoa sem que ela sequer perceba o mal tomando forma.

Bom, já estou na cabine dele e praticamente sem roupa. Não posso simplesmente sair correndo, certo?

Errado!

Só de calcinha e sutiã, junto minhas coisas e saio correndo da cabine dele como se um carma gigante de dez cabeças estivesse na minha cola. Os poucos transeuntes me lançam olhares arregalados e um cara grita que está disponível caso eu precise de alguém para tirar meu sutiã.

Ah, que mico!

57

ESTOU SÃ E SALVA NA MINHA CABINE. QUANDO A RESPIRAÇÃO VOLTA AO NORMAL, DESATO A RIR DE NERVOSO. NÃO ACREDITO QUE SAÍ CORRENDO PRATICAMENTE NUA PELO NAVIO, LARGANDO O TAL DE RAFAEL NA MÃO. GENTE, ALGUÉM PRECISA ME INTERDITAR!

Quando o riso frouxo finalmente aquieta, a mandíbula dói. Resolvo tomar um banho frio para apagar o incêndio instalado. Como vou conseguir olhar para a cara dele amanhã?

Maldigo o livro do carma e esse negócio de vinte e um dias. Já sou paranoica. Agora neurótica também? Tudo bem, tenho a desculpa de que sexo com desconhecidos não é para mim, mas rolou um casual com Miguel e ele não é mais um cara conhecido, já que anos se passaram.

Antes que a mente comece a surtar e meu corpo entre em combustão espontânea, deixo a água fria cair sobre os ombros por tempo suficiente para recobrar a sanidade. Já imagino a cara da

Patty quando eu contar o episódio. Ela provavelmente vai fazer xixi nas calças de tanto rir.

Perdi a noção em algum lugar do passado. Só pode.

De posse da minha saúde mental, sento na cama e olho para o nada. Sou tomada por um sentimento de vergonha além dos limites aceitáveis. Minhas bochechas queimam e meu estômago dá loopings nada confortáveis.

Desabo na cama e não consigo focar o pensamento em nada produtivo ou saudável. Só vejo a cara de pânico e confusão de Rafael, ele sem cueca correndo por meio corredor atrás de mim e desistindo de me alcançar quando pulei dentro do elevador.

Ai, Deus. Jogue um raio na minha cabeça agora, por favor.

Raio nenhum me parte ao meio, e eu vou precisar conviver com o fato de ter fugido de uma transa casual. Meu corpo queria, a mente estava no ponto, mas o coração desaprovou. Como sei que a voz do coração é a voz da intuição e esta última é a voz da alma, que provavelmente é a voz de Deus, eu não poderia simplesmente ignorar a coisa toda e me entregar.

Se eu continuar assim, meu hímen vai crescer novamente e eu vou ficar virgem para todo o sempre e fim.

Ok, estou dramatizando. Não fiz nada tão grave. Bom, a cena de Rafael correndo pelo corredor totalmente nu foi hilária, e talvez as câmeras de segurança tenham gravado.

Nossa, as câmeras!

Ain, meleca. Os tiozinhos da sala de segurança devem estar rindo de se matar.

58

– VOCÊ FEZ O QUÊ?

JÁ É DE MANHÃ E EU NÃO PREGUEI O OLHO. PATTY CHEGOU SEM SABER DE NADA SOBRE A NOITE ANTERIOR, E, DEPOIS QUE VOMITEI A COISA TODA, ELA FICOU TÃO ALARMADA QUE SUA VOZ AINDA SIBILA NOS MEUS OUVIDOS. ELA RI TANTO QUE AS LÁGRIMAS ESCORREM PELOS CANTOS DOS OLHOS. ESTOU SEM REAÇÃO, TIPO ASSIM, ME SENTINDO UMA PALHAÇA.

– Já deu né? – estresso.

– Clara, não acredito! – E a risada espalhafatosa não cessa. – Correndo peladona pelo navio? Não creio que perdi essa cena.

– Besta – xingo. – E eu não estava pelada!

– Mas o Rafael estava! – Ela rola de rir sobre meu colchão. – Ai, vou sufocar aqui.

– Não estou nem aí. – Fecho a cara e faço bico.

Ela finalmente se senta e alisa o cabelo negro para trás. Controla a respiração e tenta ficar séria, mas parece uma tarefa impossível. Já saquei que essa vai ser a piadinha interna por muitos e muitos anos. Agora, será que ela pode se concentrar no que realmente importa? Como vou sair dessa cabine depois do mico mega blaster super ultra?

– Ok, estou séria e compenetrada. – Patty finge mal e precisa segurar os lábios, que querem rir da minha cara a todo custo.

– Gata, pelo amor de Deus. Não tenho coragem de sair desta cabine. É óbvio que vou cruzar com o Rafael por aí. E outra: ele é amigo do Davi e essa deve ser a fofoca do navio. – Faço cara de pânico. – Patty, me salva.

– Esqueça esse assunto e finja que nada aconteceu. Se algum idiota perguntar, é simples: você estava bêbada e completamente fora da órbita terrestre. Também pode usar a desculpa de o seu corpo ter sido tomado por um espírito zombeteiro. Você é criativa. Sei que vai ter a resposta na ponta da língua.

– Droga de carma! – Chuto uma pedra invisível no chão e soco um rosto também invisível no ar. – Eu preciso pedir desculpas.

– Bom, isso é aceitável. – Vejo um risinho frouxo se formando nos lábios dela. – Como será que ele vai reagir?

– Ain, meleca. Não sei! Ele deve estar achando que eu sou uma demente, uma virgem de quase quarenta anos, sei lá eu!

– Quer que eu cheque o perímetro com o Davi? Com certeza ele tem maiores informações – ela oferece e eu respiro com alívio.

– Faça isso, por favor.

Patty faz menção de se levantar, mas aí eu lembro da festa de ontem e do affair com Davi. Como assim ela não vai me contar nada? Não pode sair por aquela porta sem abrir o jogo. Isso não se faz.

– Parada aí, mocinha. – Aponto o indicador como uma arma de fogo. – Pode começar a desembuchar.

– Oi? – Ela se faz de desentendida.

– Você e o Davi? – esclareço.

– Ah, isso... – Ela desvia o olhar e eu não compreendo. Ops, acho que captei.

– Ah, porra. Não me diga que...

– Não rolou nada ainda – ela revela.

Meus olhos arregalados falam por mim. Patty sacode a cabeça e segura o riso. Poxa, como assim não rolou nada ainda? Será que Davi é gay? Fala sério, estamos num cruzeiro de solteiros. Isso não é normal.

– Patty...

– Nem venha com interrogativas insanas, está bem? – Ela suspira profundamente. – Estamos nos conhecendo, já rolou muita coisa, mas nada de sexo propriamente dito. Estou sendo difícil e ele está gostando disso.

– Então ele pelo menos tentou?

– Óbvio, Clara. – Ela revira os olhos. – Ele não é gay como você provavelmente está pensando.

Nesse caso, dou de ombros e concluo:

– Ok, não está mais aqui quem pensou.

•••

Patty saiu em busca de informações sobre a catastrófica noite anterior. Enquanto isso, fico remoendo a coisa toda dentro da mente, num caos digno de filme B. Um tanto ansiosa, pesco um pacote de balinhas coloridas e enfio de dez em dez na boca, só para ter o que fazer durante a espera.

Ela demora a voltar, mas, quando abre a porta da cabine, sua cara diz tudo.

– Clara, acho que ele não sabe brincar – ela lança e eu entreabro os lábios, sem saber o que dizer. – O cara tá puto.

– Ai, merda. E agora, o que eu faço?

– Já disse, finja que nada aconteceu. O que não dá é pra você ficar socada neste quarto até o final da viagem.

– Confesso, sou covarde e orgulhosa até dizer basta.

– Com exceção da covardia, tenho que concordar com esse negócio de orgulho. Você é osso duro de roer quando o ego entra em cena. Acho que aquela série *Duro na queda* foi baseada em você.

– Pare de me zoar – choramingo. – Como eu vou encarar esse povo todo?

– Uai, foi só uma besteira leve. Até o apocalipse acontecer, todo mundo já esqueceu.

– Afe, você não ajuda – bufo.

– Pare de mimimi e vista logo um biquíni. Vamos para a piscina.

59

CABISBAIXA E COM A VERGONHA ESTAMPADA NAS FUÇAS, SIGO PATTY ATÉ A PISCINA. NÃO CONSIGO ERGUER O OLHAR E NÃO FAÇO IDEIA DE COMO VAI SER A REAÇÃO DAS PESSOAS. MINHA AMIGA ME DÁ UM CUTUCÃO E COMENTA, MEIO SUSSURRANDO:

– PORRA, AS NOTÍCIAS CORREM RÁPIDO NESTE NAVIO, HEIN?

– Merda, merda, merda. – Sinto as bochechas ruborizando.

– Certo. Acho melhor sumirmos daqui.

Ela toma minha mão e nós caminhamos a passos muito rápidos para bem longe da área da piscina. Não sei se meus ouvidos estão funcionando bem, mas acho que escuto risadinhas abafadas e comentários um tanto maldosos sobre minha pessoa.

Patty me joga para dentro do elevador e eu começo a respirar de novo. Estamos sozinhas, e ela aperta o botão que vai nos levar ao primeiro piso. Só então levanto a cabeça, apesar de o peso me afundar para além das estruturas.

– Patty... – faço mimimi.

– Eu sei.

– Que droga!

– Quem mandou? Da próxima vez, corra antes de as roupas saírem de cena, ok? – ela aconselha e eu apenas assinto em concordância. – Ah, Clara, que carma, viu?

– Né?

– Ninguém merece.

No primeiro piso, andamos meio escondidas, como se estivéssemos num seriado de espionagem. Me escondo entre arbustos artificiais quando um bando de mulheres surge em nossa direção. Patty faz sinal de ok e eu só reapareço quando elas somem das vistas, maldizendo a porcaria que fiz na noite anterior.

Paramos em frente a uma saleta de conferências que está vazia. Patty me empurra lá para dentro e nós suspiramos aliviadas. Sério, na boa. Não posso me esconder para sempre.

– E agora? – indago.

– Vamos dar um tempo por aqui. Checar e-mails, fuçar no Facebook, essas coisas banais. Quando você conseguir ligar o foda-se, nós encaramos esse povo que não tem mais nada pra fazer da vida.

– Ok.

Pesco o celular da bolsa e faço o que Patty sugeriu. O wi-fi demora a conectar, mas, quando acontece, atualizo a caixa de mensagens e leio os e-mails mais importantes. Satisfeita, faço o login e entro no Facebook. Dois pedidos de amizade aguardam aprovação. Clico para saber quem são e lá estão: Miguel e Paulo.

– Eita, dois carmas de peso nos pedidos de amizade – digo.

– Está no Face? – Patty pergunta, sem tirar os olhos do seu celular. – Miguel e Paulo?

– Ignorando em 3, 2, 1...

– Por que você vai ignorar? – ela pergunta e finalmente me encara.

– Oi? O Paulo disse que nós não prestamos, está lembrada?

– Ah, é. – Ela desvia o olhar para as unhas e checa as cutículas. – Tem razão, ignore esses dois.

60

– NÃO PODEMOS FICAR AQUI PRA SEMPRE. – ME LEVANTO DE SUPETÃO.
– REALMENTE, É MUITA COVARDIA – ELA CONCORDA.
– QUE TAL UM ROLÊ PELAS LOJINHAS?
– ACHO DIGNO. NÃO PRECISO ME ESCONDER. NÃO FIZ NADA ERRADO.

– Há controvérsias. – Ela segura o riso e eu fecho a cara.

Saímos da sala de conferências e subimos até o segundo piso. Não sinto olhares me queimando, não ouço risinhos abafados nem comentários sobre a noite anterior, então acho que estou bem na fita. Pelo menos no segundo andar do navio.

Paramos em frente à vitrine do free shop e Patty suspira, eufórica. Busco seu objeto de desejo e vejo um par de brincos lindíssimo, mas as argolas custam uma pequena fortuna. Quando ela checa o valor, imediatamente o interesse se desfaz como fumaça.

Meu cérebro conflitante ainda está remoendo o lance com Rafael. Preciso pedir desculpas, mas não sei como ele vai reagir.

Eu poderia simplesmente ignorar o assunto, mas não posso. Essa não seria eu.

– Patty, você acha que o Rafael vai me perdoar por ser meio louca?

– Hum, não sei – ela reflete. – O ego e o orgulho de macho estão feridos, então qualquer coisa que eu diga vai ser mera especulação.

– Consegue se colocar no lugar dele? – questiono.

– Olhe, eu me gabo por ser uma empata competente, mas não consigo nem imaginar como ele está realmente se sentindo. Você o rejeitou, saiu correndo como se ele fosse algo monstruoso... Clara, você é doida.

– Não precisa me lembrar disso a cada cinco minutos – rosno. – Mesmo sem saber que reação ele vai ter, preciso muito pedir desculpas e explicar a coisa toda.

– E vai dizer o quê? – Ela arregala os olhos e começa a imitar minha voz de uma forma muito esdrúxula: – Olhe, Rafael, eu sou uma demente que acredita em carmas e transei com um carma passado lá em Machu Picchu. Aí, li um livro sobre o assunto e descobri que não posso transar com outro cara dentro do período de vinte e um dias, pois, se isso acontecer, os seus carmas iriam se juntar aos do Miguel e impregnariam o meu corpo sutil, que precisa ficar limpinho, saca?

– Credo. Eu não falaria como uma débil mental. – Fico pensando se minha voz é desse jeito e se eu realmente falo como uma bobona.

– Então, só peça desculpas, diga que não tem uma explicação plausível para o que aconteceu e ponto-final.

– Só isso? – indago, olhando para o nada.

– Só isso.

61

PATTY DESCOBRE, ATRAVÉS DE UMA MENSAGEM DE TEXTO DE DAVI, QUE RAFAEL ESTÁ NO FOME ZERO. JUNTO CORAGEM, UM POUCO DE CARA DE PAU E ADOTO UM AR INGÊNUO, QUASE ANGELICAL. MEUS OMBROS ESTÃO CURVADOS, E, POR MAIS QUE EU ME ESFORCE, NÃO SE ERGUEM.

O restaurante está na lotação máxima, e eu vejo Davi, Rafael e um grupo de amigos em torno de uma mesa do lado de fora do estabelecimento. Conforme caminho, meus pés parecem pesar toneladas, e uma força contrária me impede de acelerar o passo.

– Você vai ter mesmo coragem de chamá-lo para conversar agora? Vai encarar a turma toda? – Patty interroga.

Apesar da vontade louca de desistir, não o faço.

– Vamos acabar logo com isso, Patty.

– Certo.

Quando alcançamos a mesa, noto que todos param de falar. Há um ar conspiratório, e de repente me sinto horrível e só penso em sair correndo. Bom, pelo menos estou adequadamente vestida neste momento.

O semblante de Rafael é um misto de confusão, desapontamento e, por que não dizer, vergonha. Mas ainda assim ele sustenta meu olhar, como se estivesse me avaliando ou talvez me julgando. Não sou telepata; não dá para saber.

Cumprimento a galera e os caras respondem com um muxoxo. Nossa, será que dá para uma nave pairar sobre a minha cabeça e me abduzir neste exato instante? Podem fazer as intervenções que quiserem, mas só me devolvam dentro de quatro dias, por obséquio.

Nave nenhuma surge. Estou mesmo por conta própria. Nem preciso chamar Rafael para conversar. Ele simplesmente afasta a cadeira e ergue o corpo, caminhando sem pressa na minha direção.

– Oi – começo, um tanto tímida.

– Oi, Clara. – É um tom frio, levemente áspero.

– Podemos conversar?

– Tudo bem. Vamos para o bar. – Ele aponta a direção e nós seguimos para lá, deixando um bando de curiosos para trás.

62

ESTAMOS NO BAR, DISTANTE O SUFICIENTE DE OLHARES INDISCRETOS. TOMO ASSENTO NUMA CADEIRA FRIA, E RAFAEL SE SENTA DE FRENTE PARA MIM. FICA ME ENCARANDO DE UM JEITO DESCONCERTANTE E EU NÃO SEI O QUE DEVO DIZER. MAS ALGO PRECISA SAIR DA MINHA BOCA, CERTO?

– Rafa, desculpe. Não sei o que me deu ontem – começo, fitando-o nos olhos.

– Quer beber alguma coisa? – ele pergunta, indiferente.

– Não, obrigada. – O silêncio recai como um vazio negro e assustador. Busco algo mais para dizer: – Olha, você é um cara muito legal, charmoso e altamente sedutor. Mas eu não estou no meu melhor momento. Dei um pé na bunda de um palhaço que só me ferrou, reencontrei um carma do passado e depois me vi naquela cabine quase sem roupa. Daí a zona de conflito se instalou. A minha vida sentimental está uma bagunça, e, se eu fosse para a cama com você, só iria piorar a situação. Eu fugi para me proteger.

Nada mais natural na atual conjuntura astrológica e quântica e cósmica e seja lá mais o quê.

Ele sorri, e a coisa soa tão natural que começo a relaxar. Rafael parece pesar minhas últimas palavras e balança a cabeça, de forma positiva. Só então fixa meu olhar e toma minhas mãos frias entre as suas.

– Bom, apesar do constrangimento, até que foi divertido. – Ele me surpreende e eu sorrio de vergonha.

– Sempre tem um lado bom em tudo nesta vida.

– Amigos? – ele oferece e tomba a cabeça de lado, de um jeito muito fofo.

– Se você curte fazer amigos em manicômios...

– Não acho que você seja louca. Bem, só um pouquinho, talvez.

– Você acha que pode esquecer o que houve? – questiono, com um suspiro para arrematar.

– De que jeito, Clara? – Ele ri alto. – Essa é uma história que eu vou contar e recontar até ficar bem velhinho.

– Afe. – Reviro os olhos e sinto o estômago se contrair.

Antes que qualquer outra coisa seja dita, ele se levanta sem aviso e me puxa para um abraço. Sussurra coisas realmente bacanas no meu ouvido e nós combinamos não tocar mais nesse assunto.

– Estou perdoada? – Meu olhar é de súplica.

– Acho que sim.

63

O NAVIO ANCORA DE FRENTE PARA UMA ILHOTA MUITO DA LEGAL. PATTY SE EMPOLGA E COMEÇA A ENCHER A BOLSA COM PROTETOR SOLAR, SPRAY TERMAL PARA O ROSTO, PRENDEDORES DE CABELO, TOALHA DE PRAIA, CANGA, VESTIDINHO E POR AÍ VAI.

Já eu não estou lá com muita vontade de desembarcar. Esse lance com Rafael e a baita vergonha que ainda estou sentindo me deixam paralisada. Patty fala um monte na minha cabeça oca e eu não consigo nem pensar com clareza.

– Ele já te perdoou, porra – ela estressa. – Vai ficar fazendo o quê neste navio?

– Sei lá. Posso ler, ficar com as piscinas só para mim, pedir revanche no cassino, essas coisas.

– Ah, para. O sol está um arraso. Vamos curtir, Clara.

Coloco tico e teco para funcionarem. Talvez a fofoca do dia já tenha mudado de foco e direção. Num cruzeiro de solteiros, tudo pode acontecer. Sendo assim, vou para minha cabine, soco um monte de coisas úteis numa bolsa de praia e visto um biquíni bem legal.

Na hora de pegar o bote, descubro que, de todos os amigos de Davi, só Rafael vai até a praia. Fico um tanto constrangida e Patty me dá um beliscão quando faço menção de desistir. Ai, essa doeu.

Bom, quando se está no inferno, o lance é abraçar o capeta e sair dançando.

O mar está agitado e o bote não fica estável. Davi embarca primeiro e auxilia Patty. Rafael entra a seguir e me estende a mão, como todo gentleman deve fazer.

Pego sua mão, e, apesar de a embarcação chacoalhar bastante, não tenho grandes problemas para subir a bordo. O barco dá um tranco mais feroz, e Rafa me agarra pela cintura, num ato protetor muito fofo.

– Esse troço vai virar – murmuro, me segurando como posso.

– Se virar, não vou sair correndo. Grite que eu te salvo. – Não sei se isso foi uma piada, mas, ao mesmo tempo que dou um sorriso, me sinto levemente alfinetada.

Rafael senta-se ao meu lado, muito mais perto do que deveria. A aproximação não causa desconforto, mas pelo visto aquele papo de "amigos" não está sendo levado a sério.

A vaidade masculina é muito engraçada. De esguelha, noto que Rafa estufa o peito e imprime uma força desnecessária nos músculos do braço, só para deixar o troço mais saltado que o normal. Quero rir, mas me forço a ficar séria e compenetrada no caminho que o bote motorizado percorre até a praia.

O sol está explosivo no alto do céu sem nuvens. A brisa é abafada, e gotas de suor começam a brotar na minha testa. A embarcação está lotada, e, tão logo ancoramos num píer tosco de madeira envelhecida e malcuidada, as pessoas saltam a para a praia de areia branquinha e fina.

Novamente Rafa faz questão de me ajudar. Toma minha mão e me auxilia na descida. Agradeço como a boa moça que sou e seguimos lado a lado na direção de um barzinho à beira-mar.

– Uau! Este lugar é fenomenal – Patty comenta e saca o celular do bolso para tirar suas famosas selfies.

Chegando ao bar, escolhemos uma mesa de frente para o mar e pedimos uma rodada de cervejas e uns petiscos para iniciar. Rafa tira a camiseta e faz questão de alisar o tórax bem nas minhas fuças. Patty e eu nos entreolhamos, num entendimento surreal da situação. Ele está se mostrando como um pavão, e o fato em si é hilário.

Não quero dar corda, mas essa demonstração toda é no mínimo muito divertida. Dou uma encarada de cima a baixo no corpo bem trabalhado de Rafael e noto que ele se sente insuportavelmente poderoso. Típico narcisismo masculino.

Rafael me dá uma geral e lança:

– Que tal um mergulho? – ele sugere e morde o lábio de maneira sedutora. – Você me deve uma.

– Nossa, a cobrança da dívida veio rápido, não? – Meu tom é altamente sarcástico. – Mais tarde, quem sabe?

Noto que ele fica desconcertado e para de se mostrar tanto. Pega uma cerveja e chama Davi para uma caminhada na areia. O amigo topa, pega sua long neck e eles seguem para a beira do mar.

64

– PATTY, É IMPRESSÃO MINHA OU ELE ESTÁ...? – DEIXO A PERGUNTA NO AR.

– AH, COM CERTEZA ELE ESTÁ QUERENDO FINALIZAR A NOITE DE ONTEM EM GRANDE ESTILO. – ELA DESATA A RIR E PESCA UM CAMARÃO FRITO DA CESTA. – OLHA, O RAFA É BEM CHARMOSO. VAI MESMO DEIXAR PASSAR?

– Sei lá. – Fico aflita. – Ele beija bem, tem uma pegada forte e...

– E?

– Bom. – Baixo o olhar. – Ele é um grande homem.

– Grande de grande? Ou grande de grande? – Patty faz as mesmas mímicas que utilizei lá no café e eu começo a rir, indignada com a falta de criatividade alheia.

– É grande de bem generoso. – Friso a qualidade "bem" e minha amiga sufoca de tanto rir. – Mas, sei não. E os vinte e um dias?

– Eu já disse. Entre na dieta dos vinte e um quando o cruzeiro terminar. Porra, Clara, aproveite.

– Isso não se encaixaria mais no sexo casual, certo? Já conversamos, já passamos vergonha, já nos entendemos...

– Hum, acho que não seria casual – ela pondera. – Se joga, gata.

– Ain, tá. Vou pensar.

– Ei, estava folheando aquele seu livro do carma e li uma passagem muito intrigante – ela comenta.

– Todas as passagens são intrigantes.

– Bom. Em resumo, o livro fala que a dor de uma separação é pura química. É como expurgar um veneno do seu sistema. A fase do sofrimento nada mais é do que a abstinência.

– Lembrei do Rogério quando li isso. Aquele cara sim é uma droga pesada – observo. – Acho que a fase de abstinência passou.

– Já deu para notar. – Ela aponta com a cabeça para os meninos, que estão voltando. – Que tal fazer a fila andar mais uma vez? Só por garantia.

– Patty, você não presta. – Cerro as pálpebras, chocada com a frieza.

– Qual é?! Sei que você está interessada no Rafael. Largue mão desses vinte e um dias e vá se divertir.

– Vou pensar. Prometo.

•••

Após três long neck, já não penso com tanta clareza assim. Portanto, nem me julgo quando Rafael me puxa pela mão a caminho do mar. Usando óculos de mergulho, nós caímos na água morna e nos aventuramos pelos recifes de corais.

Ele é todo atencioso e parece que realmente se esqueceu da cena ridícula que protagonizamos na madrugada. Em determinado momento, coloca os pés no chão e eu faço o mesmo.

A água está na altura dos meus ombros, e, apesar de o mar não estar liso e calmo, é possível ficar de pé numa boa. Ele conversa todo animado e, do nada, ergue a mão e acaricia meu rosto. Me assusto com o gesto, mas não me movo.

Então, sem aviso, ele me laça pelo pescoço e eu sou tragada num beijo desses arrebatadores, que jogam álcool na brasa de uma fogueira. Sinto a empolgação dele e... Nossa Mãe de Deus! É uma baita empolgação.

Respondo com minha língua ávida e meu corpo ardendo em busca de um bombeiro com uma mangueira potente para apagar o incêndio. Ok, o trocadilho foi bem tosco, mas não estou conseguindo pensar direito nessas circunstâncias.

A empolgação de Rafa atinge o ápice, e, quando dou por mim, estou atrelada aos quadris dele, que se movimentam freneticamente dentro da água. Droga, eu sabia que esse mergulho não iria prestar.

Afasto os pensamentos cármicos que teimam em invadir o momento. Certo, dizem os iluminados que a única coisa que importa é o presente, o agora. Sendo assim, vou aproveitar cada segundo como se os carmas não existissem.

– Clara, você é irresistível – ele balbucia, num tom que me derrete.

– E você é um conquistador nato – respondo, mordendo o lóbulo de sua orelha.

– Eu posso me apaixonar por você facilmente.

– Não faça isso – retruco, insinuante.

Não sei se é possível adivinhar o que está rolando dentro da água, mas nem perco meu tempo perscrutando quem está na praia. Me perco entre gemidos e sussurros escaldantes ao pé do ouvido. Rafa é um cara muito sensual, e suas investidas não me deixam mentir.

Quando perco as forças e deito a cabeça em seu ombro, ele me abraça como se fosse uma fortaleza. A sensação é indescritível. Eu queria me sentir assim em todo e qualquer momento da vida. Mas sei que é uma ilusão: nada e nem ninguém é capaz de me dar segurança.

– Fica comigo até o fim da viagem – ele pede, de maneira doce.

– Deixa rolar, Rafa.

Ele aquiesce e me abraça mais forte. Seus dedos se enredam pelo meu cabelo molhado, e eu ouço as batidas do seu coração. O órgão pulsa de forma vigorosa, como se estivesse desperto. O meu ressoa num ritmo normal, sem baques violentos ou algo que chame a atenção.

Será que um dia meu coração vai despertar novamente?

65

O DIA NA PRAIA CHEGA AO FIM.
CAMINHAMOS DE VOLTA AO BOTE QUE NOS LEVARÁ AO NAVIO. O TEMPO ESTÁ FECHANDO E O SOL SE ESCONDE, TÍMIDO, ATRÁS DE NUVENS CINZENTAS QUE FORAM TRAZIDAS PELO VENTO. RAFAEL ME ABRAÇA DURANTE O TRAJETO E EU CORRESPONDO, PASSANDO O BRAÇO POR SUAS COSTAS E LEVANDO A OUTRA NA ALTURA DO SEU PEITO DESNUDO E MUITO SENSUAL.

Noto que Patty está ansiosa para saber o que rolou naquele mergulho. Ela me lança olhares esmagadores de tempos em tempos. Em resposta, dou meu famoso sorrisinho descarado e ela fica a ponto de surtar.

– Só mais três dias, moçada – é Davi quem comenta. – Vocês duas poderiam ficar um pouco mais. Nós alugamos um apê show de bola em Miami Beach por uma semana.

– Temos um casamento no próximo fim de semana – Patty

responde, triste. – É um amigo gay muito doido, e, se nós não aparecermos, ele vai nos caçar pelo resto da existência.

Nossa, eu tinha me esquecido do casamento do Bruno! Gente, onde eu estava com a minha maldita cabeça? Ah, claro, eu não tinha cérebro porque ele estava deglutindo e arrotando o pé na bunda que dei em Rogério, chutando o carma de Miguel e, por último, transando descompromissadamente com Rafael.

– Bom, nesse caso não há o que discutir – Davi encerra o assunto.

Embarcamos no bote e o mar está mais agitado que antes. A volta é rápida, e em menos de dez minutos atracamos no navio. Rafael me ampara na subida e sussurra:

– Você poderia tomar banho na minha cabine.

– Hum. – Tipo, derreti. – Não é má ideia.

– Pegue as suas coisas. Te encontro lá. – Ele então sorri e manda: – Lembra do caminho ou a sua fuga desesperada não registrou muita coisa?

Dou um tapa em seu ombro e começo a rir. Bom, não lembro o número da cabine, mas é um andar acima do meu. Rafael me passa as coordenadas e eu sigo Patty pelos corredores estreitos a caminho dos nossos quartos.

– Tomar banho juntinho, é? – ela provoca.

– Não começa. – Emburro.

– Já sabe se é carma ou dharma?

– Ainda não, e isso está me deixando angustiada – confesso. – Mas não dá pra saber assim de cara, né?

– Cada caso é um caso. Portanto, tome um banho beeeem demorado! Hahahahahahaha.

Afe, como gosta de me zoar.

66

Bato à porta ou deixo quieto?
Esse é o conflito do momento diante da cabine de Rafael. Confesso: o sexo no mar foi incrível e eu não sei onde estava com a cabeça. Bem, até sei, mas isso não ajuda muito na escolha que precisa ser feita.

Ergo a mão e hesito. Não sou dessas, não sou mulher fácil. Se eu bater nessa porta, é óbvio que ele vai pensar isso. Ok, não ligo para o que os outros pensam sobre mim. Ou ligo?

O fato é que, antes que eu possa me decidir, a porta se abre de supetão. Recuo num salto. Rafael me olha de um jeito divertido, com apenas uma toalha envolvendo o corpo.

Não sei se saio correndo ou se apenas relaxo e deixo um suspiro extasiado escapar. É um baita dilema. Desvio o olhar para o longo corredor e, antes que eu possa escapar, Rafa me puxa pelo braço e eu me vejo sem escolha.

Estou dentro de sua cabine, que, por acaso, é maior do que a minha. Sou prensada contra a parede, e beijos inflamados abrem trilhas sinuosas pelo meu pescoço e colo. Então, a parte de cima do meu biquíni já era.

Eu deveria estar pensando com clareza, mas meus neurônios estão paralisados. Meu corpo corresponde de um jeito que fica impossível tomar qualquer outra atitude a não ser me entregar, vencida.

Agarro seu cabelo amadeirado e o trago para a minha boca. O beijo é desses profundos, capaz de acender uma lâmpada. Suas mãos exploram de maneira voraz e deixam rastros avermelhados por onde passam.

Ele está empolgadíssimo e eu estou ensandecida.

Quando ele me toma nos braços e me deita sobre o colchão, simplesmente esqueço quem fui, quem sou e quem vou ser nessa vida. Nesta cama, eu sou o momento presente, sou o encontro de dois corpos em ebulição, sou a conexão. Que se danem os vinte e um dias! O prazer de ser desejada faz os riscos valerem a pena.

E vamos combinar: de uma forma egoísta, essa relação vai elevar sensivelmente minha autoestima, amor-próprio e autoconfiança. É tudo de que preciso para continuar avançando e nunca mais perder o foco em mim.

– Droga. Eu vou me apaixonar, Clara – ele balbucia no meu ouvido.

– Não cometa esse erro.

– Por quê?

– Não sei dizer, mas segure a onda.

Quando digo isso, Rafael se transforma num selvagem. Não sei se é o ego de macho no comando, mas ouvir que não deve se apaixonar acendeu alguma espécie de estopim.

A cama está pegando fogo e meu corpo esquenta violentamente. Esse cara acaba de despertar um lado vadia que eu ainda não conhecia. Isso tudo é altamente excitante, e nós entramos numa espécie de competição muito doida.

– Talvez você se apaixone primeiro – ele incita.

– Hum, será? – provoco.

– É bom tomar cuidado.

– Eu me garanto, e você? – Meu tom é insinuante.

– Ah, Clara. Vou te levar ao delírio.

E não é que cumpre o prometido?

67

RECUPERADA APÓS UM COCHILO DE DUAS HORAS, RAFA ACARICIA MEU ROSTO E EU ACABO DESPERTANDO, MEIO PERDIDA NO TEMPO-ESPAÇO. ELE TOMBA A CABEÇA DE LADO E ME ENCARA, TODO CARINHOSO.

– Que horas são? – questiono, meio dopada.

– Nove da noite.

– Hum. – Fecho os olhos de novo.

– Não está com fome?

– Sempre. É uma constante no universo – balbucio. – Quer ir na frente?

– Por que eu faria isso?

– Quero passar no meu quarto, colocar uma roupa decente, dar um tapa neste cabelo, que secou ao natural e isso nunca é bom... essas coisas.

Ele sorri, compreensivo. Veste uma camisa e fecha os botões, um a um, vagarosamente. Provocação insinuante nível hard master mega super. Eu até me atiraria sobre ele em outra oportunidade, mas realmente estou imprestável.

– Diga que vai dormir comigo hoje – ele sugere.

– Quer que eu durma aqui hoje?

– Vai ser um prazer.

– Mais tarde eu respondo – jogo e ele não retruca.

Seus lábios selam uma tarde memorável. O beijo é demorado, molhado, profundo. Novamente sinto algo se acendendo e, sem pensar muito, respondo de maneira taxativa:

– Conseguiu o que queria. Vou dormir aqui hoje.

– Excelente. – Ele sorri de forma muito, mas muito sensual.

Afe, ele é um bom jogador-conquistador-galanteador-provocador. Mesmo sabendo disso, estou apenas obedecendo a um desejo meu. Ou não? Bom, acho que sim, então, está valendo.

– Te encontro daqui a pouco – digo, bocejando.

– Não demore.

68

DE VOLTA A MINHA CABINE, ENQUANTO ESTOU ARREMATANDO O VISUAL ROMÂNTICO COM UMA PULSEIRA DOURADA MUITO SHOW, PATTY ENTRA COMO UM FURACÃO, ESBAFORIDA. ELA DESATA A RIR DO NADA E EU FICO SEM ENTENDER.

Quando a bobeira passa, ela finalmente me conta:

– Aconteceu.

– Oi? – sibilo.

– Não foi premeditado, sério. – Ela continua rindo. – Você não vai acreditar onde a coisa toda rolou. Na verdade, foi bem ao seu estilo.

– Você e o Davi...? – lanço a interrogativa e ela apenas meneia a cabeça para cima e para baixo. – Finalmente, pô! Anda, nem pense em esconder os detalhes sórdidos, porque essa é a parte mais divertida.

As bochechas dela ficam vermelhas no ato e eu não seguro o riso. Ela ajeita uma mecha de cabelo atrás da orelha e morde o lábio, ensaiando. Ergo as sobrancelhas e aguardo a narrativa quente, incitando:

– Conta logo como se sentiu na cama com o bonitão.

– Não fomos para a cama. Nem chegamos lá.

– Como é?

Patty começa a rir de nervoso e eu faço a pergunta máster:

– Pelo menos chegaram na cabine, certo?

– Não deu tempo – ela revela, e meus lábios se entreabrem, chocados.

– Para de me enrolar e conta logo! – surto.

– Foi no teatro. Fomos procurar os óculos de grau do Davi, que sumiram no show do cover do U2, e, quando dei por mim, pimba.

– Ah, meu Deus! Cara, vai me esconder os pormenores?

– Bom, o clima esquentou. Os beijos ardentes começaram num canto, depois algumas peças de roupa saíram de cena, e aí a coisa evoluiu de uma maneira que terminamos transando em cima da mesa.

– Eu não acredito! – Racho de rir. – E ninguém apareceu?

– Se apareceu, eu não vi.

– Bom, você estava bem entretida, né? – Faço cara de safada.

– Muito. – Ela inspira e expira vagarosamente. – Foi o melhor sexo da minha vida.

– Melhor que o Paulo? – Arregalo os olhos, na expectativa.

– O Paulo foi dos bons, mas o Davi é melhor.

– Uau, aí sim! – comemoro. – E onde ele está agora?

– Bom, em algum momento acabamos chegando na cama. – Ela solta uma gargalhada gostosa. – O Davi está dormindo. Eu saí na ponta dos pés pra te encontrar. – Patty suspira profundamente. – Cara, eu tô no céu.

– Gata, você transou com o cara em cima de uma mesa num teatro vazio no cruzeiro dos solteiros – repito a coisa como um mantra. – Patty, eu sou a sua maior fã.

69

PATTY CONTINUA CONTANDO SOBRE DAVI ENQUANTO BRIGO COM O DELINEADOR. ODEIO ESSE TROÇO. MINHA MÃO NÃO É FIRME O BASTANTE PARA MANTER O CONTORNO BEM-FEITO. AFE. MEIA-BOCATION TOTAL.

– Ei, estou varada de fome. Anda logo com isso – Patty esbraveja.

– Calma. Estou arrumando essa porcaria.

Então, ouço meu celular vibrar sobre a cômoda. Desisto da merda do delineador e dou uma checada no visor. Há um novo e-mail, e o remetente me causa calafrios. O que esse imbecil quer comigo? Ah, merda. Eu sei que ler a mensagem vai estragar a minha noite, mas convenhamos: a curiosidade é um bichinho do mal.

– E-mail do Rogério – eu rosno, e Patty perde a cor. – Esse filho da puta está pedindo pra morrer.

– Não acredito nisso. – Ela vira bicho. – Leia essa porcaria em voz alta.

– Ok.

Conforme leio, a raiva vai se apoderando das minhas células, transmutando-as em soldados altamente treinados prontos para uma guerra sem precedentes.

"Clara, eu fui um idiota com você. Me perdoe. Fiquei louco quando você me colocou para fora de casa. Não pensei direito e quis me vingar levando tudo o que tinha dentro do nosso apartamento.

"Levei o caminhão com as nossas coisas de volta e descobri que você está viajando e proibiu a minha entrada no prédio. Clara, eu faço o que você quiser. Me ajoelho. Rastejo. Beijo o chão que você pisa. Me aceite de volta. Eu mudei, juro, acredite.

"Eu te amo.

Rogério."

Preciso me acalmar. Não posso responder sem ponderar. Patty xinga alto e eu só quero uma arma, um taco de beisebol, um soco inglês, uma bomba H... essas coisinhas básicas.

– Desgraçado! – ela urra. – Quem ele pensa que é? Imprestável, egoísta, manipulador, descarado!

– Calma, Patty. – Sento na cama com o celular nas mãos. – Ele não merece a nossa ira. A vida e a lei do retorno vão cuidar dele.

– Clara, esse idiota não vai deixar em paz – ela observa, e um frio percorre minha espinha. – Deve ter se ferrado e agora vai fazer de tudo pra voltar.

– Eu não devo nada a ele, Patty.

– Ele é um sujeito ardiloso, não se engane.

– A máscara dele caiu, gata. Não pode mais me enganar – digo, num tom firme e seguro.

– Bom, se ele se meter a besta, taco-lhe um processo nas costas. Vai ter que manter distância de um quilômetro de você, no mínimo. – Ela trinca os dentes de raiva.

– Por isso você é a minha advogada oficial. O Rogério é um

homem pequeno, gata, logo vai desistir do que estiver tramando. É um puta de um covarde, você sabe disso.

– Que assim seja, viu? – ela bufa. – Vai responder essa merda agora?

– Estou respondendo. Depois leia, e, se achar digno, vamos enviar.

Digito as palavras com rapidez. Eu poderia xingar, mandar para o quinto dos infernos, para o raio que o parta, despejar toda a tralha acumulada ao longo dos anos, mas vou fazer diferente.

De posse de uma tranquilidade ímpar, as frases são simples e diretas, expressando exatamente o meu sentimento diante de tamanha ironia do destino. Quando me dou por satisfeita, passo o celular para Patty e ela lê em voz alta:

"Rogério, eu não preciso das coisas antigas. Pode ficar com tudo. Diante de uma nova vida, não há necessidade de qualquer lembrança do passado. Não sou padre para conceder perdões, mas, se isso vai fazer você se sentir melhor, então digo, de coração, que está perdoado. Reze trezentos pai nossos e oitocentas ave marias e estamos quites.

"Siga em frente e seja feliz. Acredito que encontrará alguém de quem goste mais adiante. Com relação a mim, supere. No meu caso, eu já superei. A fila anda e a minha andou com maestria.

"Tenha uma boa vida.

Clara."

Quando minha amiga me encara com um baita orgulho impresso no semblante, nem penso em discutir os pormenores e clico em enviar.

70

– CHUTAR OS CARMAS FAZ UM BEM DANADO PARA O EGO, NÃO? – PATTY COMENTA A CAMINHO DO FOME ZERO.

– NEM ME FALE. ESTOU ME SENTINDO MUITO BEM, OBRIGADA.

É então que, numa curva, dou de cara com luzes piscantes que dilatam minhas pupilas. O estabelecimento belicoso me chama, como o canto de uma sereia maligna. Droga, é impossível resistir aos seus encantos!

– Nem pensar, Clara. – Sinto os dedos de Patty se fechando em torno do meu braço.

– Ah, qual é?! Preciso recuperar a minha grana.

Ela revira os olhos, no maior tédio.

– Gata, não faça isso.

– Se não está comigo, está contra mim. – Jogo com as armas que tenho. – Você poderia ser o meu medalhão da sorte.

– Porra, eu não ganho nem injeção de graça, que dirá uma grana fácil no cassino.

– Ah, vamos! Vai ser divertido.

Finalmente convenço Patty. A contragosto, ela acompanha a troca de câmbio e me ajuda a escolher uma máquina caça-níquel. De acordo com o mostrador, o valor acumulado é de cinquenta mil dólares. Putz, essa grana em reais faria muito bem ao meu bolso e decoraria lindamente o meu apê financiado. Até sobraria uns trocados para quitar o financiamento se eu gastasse com sabedoria.

Olho em torno e não há ninguém por perto além de Patty. Como ela sabe que eu sou doida, recito um decreto em voz alta, sem temer qualquer julgamento: "Declaro que esta máquina está ao meu serviço, portanto vou ganhar o valor acumulado se isso estiver de acordo com as leis universais da abundância e prosperidade. Amém".

Patty desata a rir e eu tento me manter séria e focada. Passo o cartão e a máquina entra em funcionamento. Perco a primeira rodada. A segunda também. A terceira idem. A quarta é ridícula. A quinta nem se fala. A sexta rodada me irrita.

– Eu disse: essas máquinas são adulteradas – ela afirma, me deixando ainda mais puta.

– É a minha última chance. – Dito isso, dou um beijo no cartão e enfio na máquina.

De soslaio, vejo Patty fazendo o sinal da cruz quinhentas vezes. Aperto o botão. Uma cereja. Aperto novamente. Outra cereja. Aperto. Cereja. Respiro fundo e aperto uma quarta vez. Uma cereja.

– Meu Deus. – Patty se ajoelha. – Uma cereja, por favor!

A voz de Patty ecoa nos meus ouvidos: uma cereja, por favor, uma cereja, por favor, uma cereja, por favor... Numa ansiedade sem precedentes e à beira de um infarto, aperto o botão pela quinta vez e...

Uma cereja, porra! Eu ganhei, eu ganhei!

A máquina grita e a campainha ressoa por todo o cassino. Curiosos e invejosos se aproximam e eu não consigo conter a euforia. Soco o ar, abraço Patty, pulo e faço a dancinha ridícula da vitória, um troço esdrúxulo que não sei de onde saiu.

– Você ganhou o valor acumulado. Sua sortuda do caramba!

– Ain, o universo é um cara legal! – Me ajoelho e agradeço. – Juro que vou gastar com parcimônia, não vou fazer besteira e não vou beber em vão... Amém.

71

O LANCE DO BEBER EM VÃO JÁ ERA.
DEPOIS DO JANTAR, RESOLVI PAGAR UMA RODADA PARA TODA A GALERA DE RAFAEL E DAVI. ATÉ PENSEI EM NÃO CONTAR SOBRE A JOGATINA, MAS ESSE NAVIO É PEQUENO DEMAIS PARA UM SEGREDO TÃO GRANDE.

Já é madrugada quando nos dirigimos à boate. Está lotada, e os olhares sobre mim mudaram de contexto. Agora não é mais "olha a peladona ali", e sim "olha a sortuda do caramba ali".

Hum, bem melhor.

Rafael não desgruda, mas não é algo que incomode. Ele é gentil, cuidadoso, atencioso, carinhoso e eu começo a pensar que talvez possa despertar meu coração do seu soninho forçado.

A festa rola até as quatro da matina. Quando a música para, Rafael faz aquela cara de pedinte num sinal de trânsito e me estende a mão, aguardando que eu cumpra minha palavra.

– Você tem certeza disso? Pode se apaixonar por mim, hein? – lanço e ele sorri, enigmático.

– Você também corre esse risco.

– Hum, estou tarimbada, sabe? E outra: sorte no jogo, azar no amor. O ditado é válido.

– Não gosto de frases prontas. Prefiro criar o meu futuro – ele retruca.

– Hum, gostei disso.

– Vai gostar mais ainda do que vai encontrar na minha cabine.

– Ah, sério? – Sou a personificação da curiosidade. – O que você está aprontando?

– Espere e verá. Vamos?

– Só se for agora. – Pego sua mão e partimos.

A cabine demora a chegar. Uns amassos acontecem ali, uns beijos acolá, uma loucura mais adiante, essas coisas de início de relacionamento, uma espécie de pressa de viver tudo.

Quando ele abre a porta da cabine, dou uma geral com olhos apressados. Vejo champanhe, uma cesta de frutas, chantili em spray. Altas ideias fervilham no meu cérebro.

– Eu começaria pelo champanhe. – Ele pega a garrafa.

– O chantili fica para a sobremesa. – Passo a língua nos lábios.

Ele morde o lábio. A própria face do safado. A rolha dá um estouro e ele derruba parte da espuma sobre minha pele, lambendo com vontade a seguir. Ain, caramba, isso é altamente excitante.

– Vou me embebedar de você, Clara.

– Eu sou afrodisíaca. Manda ver.

72

O DIA NASCEU ESPLENDOROSO E O SOL ESTÁ GRITANDO LÁ NO CÉU SEM NUVENS. ESTOU NUMA PREGUIÇA ABSURDA, MAS COM UM SORRISO IDIOTA BEM PRESO AO ROSTO. COISAS DE PAIXONITE AGUDA.

Rafael aparece com uma bandeja de café da manhã. Não sei como conseguiu, mas nem pergunto. Estou varada de fome e ataco primeiro os minicroissants recheados de queijo cremoso.

– Acabei de saber o tema da festa de hoje à noite – ele diz e se senta ao meu lado, desferindo um beijo na minha bochecha.

– Que seria...? – pergunto, com a boca cheia.

– Solteiros à Solta.

– Ah, tá me zoando.

– Sério. – Ele ri. – Bom, o que a gente poderia esperar da última festa?

– Hum, meio babaca isso, não?

– De leve. – Ele me oferece um café e eu aceito.

– O que vamos fazer da vida hoje? – questiono, bebericando da xícara fumegante.

– Por mim, eu passaria o dia todo com você aqui mesmo.

– Afe, você vai ter uma overdose. – Reviro os olhos.

– Hum, estou disposto a correr o risco de me viciar. – Opa, beijos molhados no pescoço. Isso não vai prestar.

E não é que a coisa presta?

O café da manhã fica esquecido, o colchão é maltratado e range em desacordo. Rafael é do tipo insaciável, e esse fato em si está elevando minha autoestima para além do sistema solar.

Não quero me apaixonar. Não está nos meus planos tão cedo. Mas, fala sério. Diante do quadro geral, que mulher em sã consciência não sucumbiria? Antes que eu comece a surtar e saia – dessa vez peladona mesmo – correndo pelo navio numa fuga desesperada para me salvar do inevitável, ele diz no meu ouvido, usando um tom difícil de ignorar:

– Acho que estou me apaixonando, Clara.

Sem pensar muito, respondo:

– Ah, droga. Acho que eu também.

73

APÓS UM DIA INTEIRO ENFIADA NA CABINE DE RAFAEL, FINALMENTE TOMO VERGONHA NA CARA E RESOLVO VOLTAR PARA MEU QUARTO. PRECISO DE UM BANHO DEMORADO E ALGUM TEMPO SOZINHA.

Feito isso, me espalho sobre a cama e ligo o ar-condicionado na posição “era do gelo”. Relaxo o corpo, a mente, as emoções até então saltitantes, o coração que está querendo despertar.

Rafael toma todo e qualquer espaço, e eu me sinto sufocar de repente. Não entendo o motivo e ergo o corpo, controlando a respiração entrecortada. Sabe quando você prevê algum acontecimento futuro que não é lá muito agradável? Então, eu tenho essas coisas e a sensação é bem esquisita, como um nó no estômago.

Recebo uma mensagem de texto de Patty e aviso onde estou. Ela chega poucos minutos depois, toda esbaforida e pálida. Será que brigou com Davi? Fico ansiosa e ela demora demais a falar. Mas, quando acontece, desabo com a bunda no colchão, totalmente apática.

– Clara, fale comigo – ela suplica, se ajoelhando à minha frente.

– Me diga que é mentira.

– Não é. O Davi checou essa merda toda.

– Puta que pariu, Patty.

– É, eu sei. Carma encapetado filho da mãe – ela rosna e segura firme os meus ombros despencados. – Ele foi um filho da puta.

As lágrimas desaguam sem qualquer controle. Patty me abraça e diz que tudo vai ficar bem. Eu fui enganada. Como deixei isso acontecer? Estava tudo bom demais para ser verdade.

– Como o Davi descobriu? – pergunto, entre soluços involuntários.

– A fulana ligou no celular dele dizendo que não conseguia falar com o Rafael. O Davi ficou chocado, achou que tivessem terminado, e a mulher surtou. Ela contou que eles brigaram dois dias antes da viagem, mas reataram e até falaram em marcar o noivado. – Então ela me encara com certo pesar. – Ele tem namorada mesmo, Clara.

– Que droga, Patty!

– Gata, eu sinto muito.

Numa fúria crescente, começo a brigar com alguém lá em cima. Já deu né? Que carmas de merda! Eu não entendo, oh, todo-poderoso universo, o que eu fiz para merecer tamanho castigo divino. Cuspi na cruz? Dancei hula em torno da fogueira santa? Fui mandante de algum assassinato horrendo? Chutei a bunda de um gatinho indefeso? Porra, qual foi o meu crime?

– Eu vou matar o Rafael.

– Clara, não me diga que...

– É, acho que eu estou apaixonadinha – rosno, entredentes. – Eu não acredito que me deixei levar pela voz mansa, pela pegada forte, pelas palavras doces e ao mesmo tempo sedutoras... onde eu estava que não vi o sinal de fumaça do carma? Caceta, minha intuição só enviou um código morse agora pouco!

– Sua intuição avisou? – Os olhos de Patty brilham com a notícia.

– É, avisou que algo estava errado. Mas, porra, já era tarde demais.

– Nunca é tarde demais enquanto você ainda está respirando – ela responde e eu surto.

– Ah, não me venha com essa – estouro. – Tô de saco cheio!

– Calma, gata. – Patty tenta me conter.

– Que calma o cacete. Eu vou tirar essa história a limpo e é pra já!

74

PATTY ME SEGURA COMO PODE. ENTRE LÁGRIMAS E XINGAMENTOS, QUERO SOCAR A CARA DAQUELE IMBECIL HIPÓCRITA. COMO A PESSOA TEM A CORAGEM DE SACANEAR DUAS MULHERES DESSA FORMA?

– Se acalma, gata. – Minha amiga usa um tom apaziguador que não adianta.

– Nem ferrando! Quero estar no auge da loucura quando pegar aquele imbecil.

– E o que você está pensando em fazer? Socar a cara dele? Afogar na privada? Jogar para fora do navio?

– Não me dê ideias homicidas – rosno.

– Primeiro coloque a cabeça no lugar, ou vai acabar se arrependendo. Você sabe que quando explode a coisa beira o apocalipse, e isso nunca presta.

– Que cara egoísta! – atiro.

– Sim, com certeza – ela concorda. – Como todo bom egoísta, ele usa as pessoas ao seu bel-prazer. Você não perdeu nada. As pessoas egoístas não amam, elas possuem. Que bom que se livrou do carma antes de o estrago ser maior.

– O Davi não sabia mesmo de nada? – questiono, indignada.

– Clara, eu estava lá quando ele atendeu o telefone. Ficou chocado e muito puto. Sinceramente, quem vai dar um soco no Rafael vai ser ele. Portanto, acalme os ânimos e busque o equilíbrio. Sair quebrando tudo não vai resolver absolutamente nada.

– Eu tinha razão quando fugi dele, não é? – choramingo.

– Gata, as coisas poderiam ter sido diferentes se ele fosse um cara honesto. Agora, na boa, não leve isso para o lado pessoal. O universo não está te punindo. Pense nisso como uma preparação para quando o homem certo chegar. Todos os aprendizados são válidos. Ninguém passa por aquilo que não precisa.

– O que eu tive que aprender agora?

– Depois vamos fazer uma análise detalhada, mas agora não é hora pra isso, tá bom? – Ela alisa meu cabelo ainda úmido para trás. – Clara, não se julgue, não se culpe, não deixe a peteca cair. Você é linda, extraordinária, amorosa, uma grande amiga e uma pessoa que vale muito a pena. Não se coloque pra baixo, por favor. O caminho desde o Rogério até aqui foi longo. Não perca suas conquistas de vista.

– Esse idiota quer tudo e vai ficar sem nada.

– Ah, com certeza. – Ela levanta meu queixo e revela: – O universo é generoso inclusive nas revanches. Ninguém escapa da lei do retorno, você sabe bem disso.

– Amém, não?

75

QUANDO ATINJO UMA FALSA CALMA E PATTY FINGE QUE ACREDITA, TOMAMOS O RUMO DA CABINE DE RAFAEL. EU ADORARIA TER UM FUZIL OU UM LANÇA-CHAMAS, MAS TENHO QUE ME CONTENTAR COM MEU PUNHO CERRADO.

A aproximação se faz a passos duros, e eu estou parecendo uma mulher-bomba prestes a explodir. Quando chegamos perto o bastante, escutamos uma discussão acalorada, dessas em que as paredes vibram.

Davi e Rafael.

– Eu não acredito que você enganou uma mulher tão legal quanto a Mariana, seu idiota. E como você pôde sacanear a Clara desse jeito? Perdeu a noção, seu conquistador barato? – Davi parece transtornado.

– Estamos num cruzeiro de solteiros! O que você queria? – Rafael diz, com desdém.

– A Mariana me contou a sua mentira descarada. Então você

disse pra ela que nós só ficaríamos em Miami? Não avisou nada sobre o cruzeiro? Que merda de homem você é?

– Davi, eu vou me casar. Qual é?!

– E queria fazer a sua despedida de solteiro por aqui? Mentindo pra todos os seus amigos, dizendo que você e a Mariana tinham terminado? Que covardia, Rafa. E olha, se a Clara quiser socar a sua cara de pau, eu ajudo.

– Rá, eu tô sacando qual é a sua, Davi. Está com medo de perder a namoradinha de cruzeiro? É isso?

– Não ouse falar da Patty que eu te arrebento.

– Ah, cara. Vai me dizer que está apaixonado. Fala sério. Conta logo a real. Você vai dar um pé na bunda dela tão logo a gente desça deste navio.

– Cala a boca. – Davi não parece estar brincando.

– Ela é só mais uma na sua imensa lista de conquistas. – Rafa ri alto e, na boa, não deveria ter feito isso.

Ouvimos um baque agudo e coisas quebrando. Pelo visto, a pancadaria começou. Rafael grita para o amigo parar, está dizendo que já deu. Patty e eu nos entreolhamos, sem saber o que fazer.

– Você é um cretino, Rafael.

– E você é um otário, Davi. Quebrou o meu nariz, porra!

– Vai se ferrar.

– Vai se ferrar você, imbecil.

76

PATTY E EU PARECEMOS DUAS ESTÁTUAS NO MEIO DO CORREDOR. VEMOS QUANDO DAVI SAI DO QUARTO E BATE A PORTA COM FORÇA, ESPUMANDO DE RAIVA. SÓ PERCEBE A NOSSA PRESENÇA SEGUNDOS DEPOIS DE SOCAR A PAREDE COM MUITA FÚRIA.

– Oi – ele se apressa em dizer, alisando o cabelo para trás de maneira nervosa.

– Pelo visto, você defendeu a honra feminina – comento.

– Escutaram tudo? – ele questiona, nos levando para longe dali.

– O suficiente – Patty esclarece. – E você foi muito fofo, obrigada.

– Ah, Patty, esse cara só fala merda. – Davi a abraça de um jeito muito protetor.

– Tudo bem, nós entendemos o contexto. – Ela dá um beijo na bochecha dele.

– Clara, mantenha distância daquele panaca. Olha, se eu soubesse a verdade... – Não deixo que ele termine a frase.

– Fique tranquilo, Davi – digo, sentindo a alma lavada. – Esse palhaço que não ouse se aproximar ou eu meto bala.

Diante do cenário catastrófico, só nos resta o bar para afogar as mágoas. Eu fui enganada de novo, e isso é tão cruel. Mas é como Patty disse: o estrago poderia ter sido maior.

Depois de duas doses de tequila, resolvo que é hora de recolher os cacos e me mandar para o quarto. Nada de festa hoje. Só quero que essa viagem acabe logo e que eu volte quase sã e salva para o Brasil.

Patty queria me acompanhar, mas não permiti. Esta é a última noite. Quero que curta tudo o que puder com Davi. Digo que estou bem, afinal sobrevivi a uma quase paixonite aguda que se mostrou um carma com garras e dentes afiados. Estou livre de mais um e realmente me questionando: qual será o próximo? Um serial killer? Um terrorista? Um doido com algum transtorno de personalidade esquisito? Afe, virar freira começa a parecer uma boa ideia.

77

DEPOIS OS HOMENS NÃO ENTENDEM AS MULHERES INDEPENDENTES E FRIAS DE CORAÇÃO. TAMBÉM, COM TANTO IMBECIL NO MERCADO, AS ROMÂNTICAS VIRAM A CASACA E SAEM DESFERINDO FACADAS POR AÍ SEM DÓ NEM PIEDADE.

Eu queria cruzar com o idiota do Rafael só para cuspir na cara dele. Mas aí me pego pensando: o que vou ganhar se fizer isso? Minha dignidade de volta? A sanidade mental, que, segundo Patty, nunca tive?

O fato é que não vou ganhar nada com o confronto, e é bem provável que saia dele mais machucada ainda. Ser usada é um horror, dá uma sensação de que tudo em volta está sujo, meio podre. Sendo assim, quando chego ao meu quarto, vou direto para o banho e faço tanta força na esponja que o troço chega a rasgar a pele.

Certo, é impossível tirar a urucubaca impregnada. Só espero que o carma de Miguel seja tão foda, mas tão foda, que arrebente com a vida de Rafael. Até que esse lance de vinte e um dias pode ser útil, afinal.

Um tanto zonza depois do caos instaurado, desabo na cama remoendo pensamentos assassinos. Imagino as cenas mais escabrosas, com direito a muito sangue e alguns ossos quebrados. Não que isso ajude, mas faz um bem danado para meu ego em frangalhos.

Como vou confiar em outro homem depois disso? Eu já estava desiludida. Agora, então, vou ser a desconfiança encarnada, aquela que vê conspirações para todos os lados, nos olhos de cada homem que se aproximar.

De que jeito vou acreditar no amor romântico novamente?

Do nada, surge um desespero dos recônditos do meu ser. É um troço difícil de segurar, e quando tento pensar em outra coisa, tipo um bolo de chocolate, o cérebro simplesmente trava e eu começo a chorar.

E choro muito.

As lágrimas molham o travesseiro e meu corpo vai relaxando, se entregando, os olhos vão fechando e a respiração começa a se alongar. Estou entrando em alfa, e, sinceramente, esse estado é muito mais legal e tranquilo do que a realidade.

Sonho com uma arena, no estilo *Jogos vorazes*. Meus inimigos são todos os exs e eu preciso vencê-los. Só pode restar uma pessoa de pé. No caso, eu. Acordo sem ar e não consigo me lembrar se venci o jogo de vida ou morte. Só me recordo de que havia mais alguém lá, um cara alto, com a barba por fazer, acho que tinha o cabelo cor de mel e não lembro do tom dos olhos. Ele estava me ajudando a vencer, e não me recordo de tê-lo conhecido nesta vida.

Pelo menos não até este exato momento existencial.

78

DA JANELA DA CABINE, VEJO MIAMI AO LONGE. OS PRÉDIOS ALTOS E MODERNOS PARECEM ARRANHAR O CÉU E EU FICO ALI OLHANDO, SEM NENHUMA GARANTIA DE QUE O FUTURO VAI SER MELHOR DO QUE HOJE.

Patty chega e me ajuda com a mala. Ela senta sobre a bagagem e eu luto com o zíper que está travado. Devido a minha debilidade, mudamos de posição e, com jeitinho, ela consegue deslizar o troço e nós passamos um cadeado.

– Clara, o Rafael quer se desculpar com você.

– Mande ele se ferrar. Obrigada.

– Eu já imaginava uma resposta dessas.

Cortando o assunto Rafael pela raiz podre, subimos até o Fome Zero para o último café da manhã. Encho o prato com pães variados e todas as gordices que encontro.

– Credo. Você vai ingerir umas quinhentas mil calorias só no café da manhã? – Patty pergunta, roubando um presunto enroladinho do meu prato.

– Que se dane.

– Tudo bem, você está precisando.

Patty comunica que Davi vai nos levar ao aeroporto. Apenas assinto com a cabeça. Estou com preguiça de falar. Ela percebe o clima pesado e muda de assunto, lembrando do casamento de Bruno e de que precisamos comprar os vestidos assim que chegarmos.

Quando o café da manhã chega ao fim, eu poderia sair rolando pelo salão. Comi feito uma esfomeada, mas não é uma simples fome biológica: é puramente emocional.

Os alto-falantes do navio avisam sobre a aproximação do porto de Miami. Apesar de saber que chegarei ao meu apê e lá não vai haver móveis nem pessoas, nem um gatinho nem nada, não vejo a hora de chegar para colocar a vida em dia.

– Quando vai comprar as coisas para a sua casa? – Patty questiona.

– O mais rápido possível. E vou comprar um cachorro. Ou talvez um gato. Quem sabe um periquito.

– Acho digno – ela concorda.

– Acho que eles não vão me trair nem roubar as minhas coisas – observo.

– Com certeza não.

79

TEMOS UMA JANELA DE SEIS HORAS ATÉ
O EMBARQUE PARA O BRASIL.
DE POSSE DAS BAGAGENS, ME DESPEÇO DA TURMA DE
AMIGOS DE DAVI. RAFAEL ESTÁ ENTRE ELES, E EU
FINJO QUE O CARA É INVISÍVEL. SEI QUE É UM TANTO
IMATURO DA MINHA PARTE, MAS É MELHOR ASSIM.

Seguro a gargalhada quando vejo o nariz inchado e as bolsas arroxeadas debaixo dos olhos. Pelo visto, Davi não quebrou os ossos do infeliz, mas causou um estrago bem incômodo. Comemoro silenciosamente. Ele mereceu.

Infelizmente, o babaca pega o meu braço e me puxa para uma conversa. Trinco os dentes de ódio, mas não o afasto. Aguardo suas últimas considerações e um pedido cínico de desculpas.

– Clara, me perdoe.

– Já é a segunda vez esta semana que ouço um pedido desses. – Lembro do e-mail do Rogério e o ódio se transforma em algo inominável. – Por que eu deveria perdoar? Sinceramente, não acho que você esteja arrependido do que fez. Se a culpa te incomoda, busque você mesmo o perdão. Eu não te devo nada.

– Poxa, Clara.

– Concordo que perdoar seja divino, mas eu sou humana e não sou trouxa. Na boa, siga com a sua vida e cuidado com a lei do retorno. Ela provavelmente vai te arrebentar no meio.

– Lei do quê?

Deixo um sorriso vingativo escapar pelos cantos da boca. Os olhos amadeirados e arregalados se fixam em mim, buscando respostas. Adoro quando isso acontece. É como se eu tivesse uma informação ultrassecreta e não quisesse repassar.

– Até nunca mais, Rafael.

Ele fica paralisado a uma curta distância. Noto que está aflito e extremamente reflexivo. Bom, agora não adianta choramingar. A lei do retorno vai vir em algum momento de sua tosca e egoísta existência. Eu até poderia comprar ingressos para assistir de camarote à derrocada, mas isso não melhoraria em nada a minha já ferrada vida.

Seguimos Davi para a área dos táxis. Vamos dar uma volta por Miami e, depois, aeroporto. Ele queria que nós fôssemos até o apartamento alugado em Miami Beach, mas o tempo é curto.

– O que ele disse? – Patty sussurra.

– As merdas que todo homem diz quando quer ficar bem na fita.

– Hum, típico.

– Ridículo, isso sim.

Com um bico do tamanho do Empire States, entro no táxi e Davi passa as coordenadas do city tour relâmpago. Patty está comigo no banco traseiro e coloca a mão sobre a minha, num real entendimento do que estou vivendo no mundo emocional.

– Não era o cara. Mas ele vai chegar, não perca a fé. – Ela começa a ladainha.

– Fé? Rá. Ando preferindo fazer um pacto demoníaco.

– Não fale assim ou vai atrair novos demônios para a sua vida – ela rebate.

– Pelo menos vou saber lidar. Sou tipo um padre exorcista, uma total expert no assunto – retruco.

– Você não é um padre exorcista e eu sei que vai ser muito feliz.

– Que bom que alguém ainda acredita em felicidade. Porque, sinceramente, eu acho que essa porra não existe.

80

PARAMOS PARA ALMOÇAR NUM RESTAURANTE PRÓXIMO AO AEROPORTO. DAVI CONHECE MIAMI COMO A PALMA DA MÃO E NOS LEVOU POR LUGARES EM QUE EU NUNCA HAVIA PASSADO. QUASE COGITO A POSSIBILIDADE DE VENDER TUDO O QUE TENHO E ME MUDAR PARA CÁ. ESTE LUGAR É UM SHOW.

Depois do almoço, seguimos para o aeroporto. Ainda no táxi, recebo uma mensagem de texto de Rogério, afirmando que estará à minha espera quando eu voltar. Porra, isso não está acontecendo.

Mostro o celular para Patty e ela balança a cabeça, muito puta. Fala qualquer coisa sobre ordem de proteção, distância de um quilômetro, policiais fodões e uns termos jurídicos que não compreendo.

– Onde amarrei o meu carma? – Esse questionamento é como um meme na minha vida. Ou talvez seja uma espécie de mantra diabólico.

– Vamos resolver isso, fique tranquila.

Chegamos ao aeroporto no horário. Despachamos as bagagens, realizamos o check in e agora vem a pior parte: a despedida desses dois. Davi está meloso, carinhoso, todo romântico. Patty não fica atrás. A uma curta distância, eu só observo e tento captar qualquer nuance fora de sintonia.

Não há nada fora de esquadro. Esses dois realmente estão sendo sinceros um com o outro. Dentro de uma semana, vão retomar esse romance de cruzeiro, e eu estou torcendo horrores para que eles fiquem juntos forever. É um casal muito lindo. Combinam em praticamente tudo.

Quando eles selam um acordo que só eu vi com um beijo desses que fazem as pessoas desviarem o olhar, sou convidada a me aproximar. Davi me puxa para um abraço, pede desculpas de novo e diz que, se Rafael não fosse um amigo de infância, botaria o cara para fora do apê em Miami Beach.

– Não se preocupe com isso. Sou mestre em superar babacas – afirmo, tentando parecer sincera.

– Que bom, Clara. Cuide da Patty por mim.

– Está mais fácil ela cuidar de mim. – Dou uma piscada e ele ri.

– Isso com certeza. Boa viagem de volta.

– Até mais, Davi.

Seguimos para a área de embarque. Passamos pela alfândega sem grandes percalços e paramos num boteco no estilo pub para tomar alguma coisa. Pedimos cervejas e assistimos ao jogo do Orlando na televisão gigantesca no canto do bar.

– Você está bem? – Patty quer saber. Os vincos na testa são de preocupação.

– Vou ficar bem.

– Se quiser desentulhar o lixo, pode mandar – ela oferece.

– Quando eu precisar desabafar, você vai ser a primeira a saber.

81

A VIAGEM DE VOLTA FOI BEM TRANQUILA. DORMI A MAIOR PARTE DO TEMPO, E PATTY IDEM. AS FÉRIAS FORAM TÃO INTENSAS QUE, NA BOA, ESTOU SENTINDO NECESSIDADE DE TIRAR FÉRIAS DAS FÉRIAS.

Aliás, meu coração poderia sair de férias por um tempo. Ele bate cansado, como se estivesse a ponto de falhar. Estou pensando seriamente em colocar uma plaquinha nele, um aviso bem direto: "Não sorria e nem chegue perto. Se ultrapassar a linha de segurança, você será fuzilado".

Talvez eu não tenha nascido para o amor verdadeiro. Tenho que começar a lidar com essa possibilidade. Qual o sentido da vida sem um relacionamento legal? Um parceiro de jornada? Alguém para dividir as mazelas do cotidiano? Um cara bacana que me auxilie a ser uma pessoa melhor?

Quem sabe o meu bad carma não seja esse? Ficar sozinha por toda a caminhada e fim? Certo, tem um toque de melodrama barato nessas interrogativas, mas elas martelam a minha cabeça como choques elétricos.

Já é noite quando pousamos em São Paulo após oito horas de voo. Eu só quero pegar minhas tralhas, voltar para meu apartamento completamente pelado, pedir uma pizza para comer com a mão e tomar um litro de vodca para afogar as mágoas.

Após passarmos pela alfândega absurdamente demorada, Patty se empolga com o dutty free. Não estou a fim de gastar minha grana fácil no free shop, e ela me chama de chata enquanto passamos com nossas bagagens pelo corredor escuro que nos levará à saída.

– Gata, eu sei que o tropeço foi doloroso, mas você não pode permitir que isso te deixe no chão – Patty começa.

– Não estou no chão. Aliás, nem estou aqui.

– E onde você está?

– No quinto dos infernos, eu acho – afirmo, sentindo um ardor subir pela garganta. – Estou com muita, muita raiva.

– Natural – ela responde, com certa compaixão. – Logo vai passar.

– Você sabe que sim. Eu sou PhD em superação.

– O que não te mata te torna mais forte – Patty manda essa e me deixa com mais raiva ainda.

– Porra, eu sou o Thor, então – bufo.

– Ou a supermulher – ela rebate.

– Afe.

Antes de pegarmos um táxi, o celular de Patty grita de maneira frenética. Ela puxa o aparelho do bolso da calça e nem olha no visor. Já vai atendendo com um sorriso no rosto.

Bom, o tal sorriso se desfaz. Pelo visto, não é Davi. Apuro os ouvidos e pesco alguma coisa da conversa. Alguém está em apuros. Cadeia. 42º Distrito. A única advogada criminalista que atendeu o celular a esta hora da noite. Hum, quem estará do outro lado da linha?

Patty desliga e me encara, enigmática. Então, do nada, começa a rir tanto que chega a engasgar. Fico com cara de paisagem até que ela me informe sobre o assunto. Quando a doida se recupera, está com lágrimas nos olhos.

– E depois nós que não prestamos, né? – ela manda essa e eu não compreendo de imediato.

– Do que você está falando?

– O Miguel e o Paulo. Foram presos depois de uma briga numa boate. Ambos alcoolizados, mexeram com a namorada de um cara. O pau comeu e estão todos na delegacia.

– Não acredito! – Levo a mão à boca, chocada com o destino e suas peripécias. – E ligaram pra você?

– Bom, não querem qualquer advogado porta de cadeia, e eu fui a única fodona que atendeu. – Ela se gaba, e realmente tem o poder atômico. – E aí? Quer pegar outro táxi e ir para a sua casa?

– E perder essa cena cômica? Rá! Eu vou junto!

– Você adora uma lei do retorno, né? – Ela revira os olhos.

– Não seja hipócrita. Eu sei que você é das minhas. – Dou uma piscada e ela sorri.

82

NA DELEGACIA, DEIXAMOS NOSSAS BAGAGENS NUM CANTO E PATTY PEDE PARA FALAR COM O INSPETOR. NO CORREDOR, VEJO MIGUEL E PAULO ALGEMADOS. PELO ESTADO GERAL, AMBOS APANHARAM.

Os caras estão cabisbaixos, tão envergonhados que mal me encaram. Eu poderia falar algumas asneiras, talvez até debochar, mas não faço nada disso.

– Como vocês se meteram nessa? – indago, sentando no banco de frente para eles.

– Foi uma bobagem – é Paulo quem diz. – Eu não sabia que a mina era comprometida.

– Hum.

– Clara, eu não estava nessa. Só parti para a briga porque é o que os amigos fazem. – Miguel ergue o olhar e eu vejo o supercílio cortado e também um golpe do lado direito do queixo.

– Você adorava uma boa briga na época da faculdade – observo.

– Eu mudei. O que eu preciso fazer pra te convencer? – ele murmura. – Mas conta aí. Como foi a viagem com aquele bando de machos? Sabe, quem não mudou nadinha foi você.

– Pare de me atacar ou falo pra Patty colocar vocês dois no xilindró por uma noite inteirinha. Com essas carinhas bonitas e esses corpinhos sarados, vão ser a sensação entre os presos – ameaço.

– Você não faria isso. – Paulo arregala os olhos, em pânico.

– Claro que não – digo, um tanto entediada. – A Patty vai dar um jeito. Ela conhece todo mundo por aqui. Mas estou pensando... Quem não presta mesmo, hein?

– Ah, Clara, eu fiquei com raiva – Paulo se defende. – Me desculpe pelo comentário ofensivo.

– Orgulho de macho ferido é foda. – Reviro os olhos.

Patty se aproxima, chamando os dois com o dedo indicador e aquele olhar ferino de advogada criminalista. Eles se erguem do banco e a seguem. Pelo visto, minha amiga conseguiu algum tipo de acordo com a outra parte envolvida na briga.

O tempo demora a passar, e eu já estou ficando irritada e ansiosa nessa delegacia. Pesco uma revista com a capa rasgada e não há nada de útil para ler. Checo o celular e me deparo com aquela mensagem de Rogério que ficou sem resposta. Espero não ter uma surpresa desagradável quando chegar em casa.

Antes que eu roube uma arma do policial parado mais à frente e comece a brincar de tiro ao alvo, Patty e os caras saem da saleta do delegado com as expressões aliviadas. Pelo visto, tudo certo no front.

83

– CLARA, É SÓ UM JANTAR.
GENTE, ESSE MIGUEL É UM CARA INSISTENTE.
CONTINUA BATENDO NA MESMA TECLA, DIZENDO QUE MUDOU E O CARAMBA. NÃO CONFIO NELE. ALIÁS, NÃO CONFIO NEM NA MINHA SOMBRA DEPOIS DO QUE ROLOU NO CRUZEIRO.

Patty e Paulo parecem estar se entendendo na porta da delegacia. Meus olhos correm até lá, só para escaparem da arapuca de Miguel. Mas ele não se cansa, não desiste.

– Me dê uma chance de provar que eu mudei.

– Miguel, esqueça isso. Como a Patty bem disse, o que aconteceu em Machu Picchu ficou por lá.

– Clara, não faça assim. – Ele toma meu braço e implora.

– Que droga – reclamo. – O que nós tivemos foi tão legal. Que tal deixar na gaveta de lembranças positivas?

– Um jantar – ele insiste.

– Se eu sair pra jantar com você, a coisa vai evoluir, como nós bem sabemos, e isso vai acabar muito mal.

– Prometo que vai ser diferente dessa vez.

Me pego ponderando sobre o assunto. Sério mesmo que estou cogitando a possibilidade de sair com Miguel depois do que rolou com Rafael? Realmente, estou ficando louca.

– Só um jantar – digo, um tanto ríspida.

– Só um jantar e vai ser perfeito. Você vai querer repetir a dose.

– Menos, Miguel.

– Você escolhe o dia, o horário, o local. – Ele parece empolgado.

– Tudo bem – respondo, sem muita convicção.

Patty e Paulo se aproximam e eu descubro que teremos carona para casa. Eu preferiria um táxi, mas o cansaço fala mais alto. Entramos no carro de Paulo e ele dirige primeiro até a minha casa, que é mais próxima.

Durante todo o trajeto Miguel pegou na minha mão, tentou se aproximar, ficou roçando sua perna na minha, tentou até deitar a cabeça no meu ombro. Ah, cara. Homem carente é foda.

Na porta do meu prédio, dou uma geral em torno. Nada de Rogério, ufa. Bom, ele não sabia a data da minha volta, mas com certeza, se estiver planejando dar o bote, deve ter algum informante. Meu vizinho de baixo é um imprestável e foi parceiro de pôquer de Rogério várias vezes. Pode ser ele.

Me despeço daqueles dois e dou um abraço bem apertado em Patty. Agradeço zilhões de vezes pela companhia e pelas loucuras ao longo do caminho. Assim como eu, ela dá uma corrida de olhos pela rua e, quando sente que o terreno está seguro, me libera.

– Qualquer incidente você me liga – ela diz.

– Pode deixar.

– Tem certeza de que não quer ficar na minha casa uns dias? – ela oferece.

– Não. Preciso mesmo de algum tempo só comigo – respondo.

– Tudo bem, eu entendo. E não pense que esqueci o seu lance de jantar com o Miguel, mas depois falamos.

– Beleza. – Salva pelo gongo.

84

MEU APÊ PELADO É DEPRIMENTE. PEÇO UMA PIZZA E SENTO NO CHÃO, REDECORANDO MINHA CASA MENTALMENTE. QUERO UM SOFÁ GRANDE, DESSES QUE MAIS PARECEM UMA CAMA. E UMA TELEVISÃO GIGANTESCA. E ELETRODOMÉSTICOS DE PONTA. E UMA CAMA KING SIZE. E ALMOFADAS COLORIDAS. E UM TAPETE FELPUDO DESSES EM QUE O PÉ AFUNDA.

De acordo com a conversão do câmbio, tenho duzentos mil realetas para torrar. Vai dar para comprar tudo o que preciso e sobrar para reformar meu guarda-roupa. Nada como começar do zero depois de chutar a bunda de um carma.

Rogério não se pronunciou mais. Acho que desistiu de aporrinhar o meu santo saco. Rafael ficou lá em Miami, no passado. Agora, Miguel... Onde eu estava com a cabeça ao aceitar esse jantar? É carma, porra!

Bom, não quero pensar nisso agora. De posse de uma fatia de pizza de catupiri, navego pelos sites de decoração. Depois, entro nos grandes magazines e acabo arrematando uma geladeira, um forno, um micro-ondas, um fogão, uma máquina de lavar louça e uma de lavar roupa, tudo em inox. Uau! Minha casa vai ficar fenomenal.

Satisfeita, deito no colchão que Patty me emprestou. É fino, de solteiro, um horror. Mas melhor do que dormir no chão duro e gelado. Anoto mentalmente as próximas compras e acabo caindo no sono.

•••

Dois dias depois, Patty e eu estamos no shopping, gastando horrores. Boa parte da minha casa já está montada após esta última compra. A entrega vai ser no final da semana e estou saltitando de alegria.

– Precisamos comprar os vestidos do casamento – ela lembra.

– Ah, é. E sapatos.

– Hum, e acessórios.

– E bolsas.

– E marcar cabeleireiro e maquiagem.

– Isso tudo é muito gay – observo.

– É um casamento gay.

– É verdade.

Somos mulheres, portanto demoramos umas quatro horas para comprar vestidos, bolsas, sapatos e acessórios. De posse das nossas sacolas, finalmente sentamos na praça de alimentação. Patty pede uma salada e eu caio de boca numa batata recheada de requeijão e bacon. Ah, o bacon!

– Amanhã é o jantar com o Miguel. Está preparada?

– Claro! – Finjo empolgação. – Só que não.

– Hum, o que você quer provar com isso? Que ele é mesmo um carma? Sério, não entendi a sua linha de raciocínio.

– Só quero ter certeza de que não estou dispensando um cara pelos motivos errados. Como você mesma vive dizendo, ninguém é perfeito. E, bom, eu fui alucinada pelo Miguel na época da faculdade. Acho que o meu luto demorou uns quinhentos anos pra passar.

– Será mesmo que um carma pode vir a ser um dharma no futuro? – Patty lança o questionamento e eu fico pensativa. – Até acho que uma pessoa possa mudar pra melhor, mas, se ele é um galinha, vai morrer galinha. Mulher nenhuma vai mudar esse fato, sabe?

– Tem razão. – Enfio na boca uma generosa porção de batata, requeijão e bacon. – Bom, eu devia isso a ele.

– O quê? O jantar?

– Poxa, eu usei o cara lá em Machu Picchu. Tô me sentindo meio culpada, sei lá.

– Ele te usou também. Qual é o grilo?

– Olha só. Já aceitei o jantar, então não há o que discutir agora – observo. – Sei que é carma. Aquilo ali nunca vai mudar.

– Só não quero te ver criando expectativas – Patty diz, ponderada.

– De jeito nenhum.

85

É ÓBVIO QUE MINHA CABEÇA JÁ CRIOU UM MONTE DE EXPECTATIVAS DAS MAIS INUSITADAS. ATÉ IMAGINEI UMA CENA HILÁRIA, DE MIGUEL DIZENDO QUE VAI ME DAR O CORAÇÃO DELE E TIRANDO DO BOLSO DA CAMISA UM ANEL DE NOIVADO. RÁ, EU SOU MUITO CRIATIVA E SEM NOÇÃO.

Estou usando um vestido vermelho, recém-comprado com a aprovação de Patty. Apesar de fazer um estilo comportado, a cor é muito chamativa e o decote é levemente provocativo. Não carreguei na maquiagem, afinal o vestido diz tudo.

Para evitar cair em tentação, amém, combinei de me encontrar com Miguel no restaurante. Assim, se o bicho pegar, simplesmente saio correndo com meu possante. Atraso um pouco, só para não correr o risco de ficar esperando sozinha no balcão do bar.

Recebo uma mensagem de texto de Patty:

Patty: Gata, pronta para o jantar?

Eu: Yeap.

Patty: Vai saber identificar se a coisa é carma mesmo ou virou dharma?

Eu: Yeap.

Patty: Devo ficar de prontidão?

Eu: Nope, eu me viro.

Patty: Ok. Boa sorte e que você tenha uma linda noite.

Quando chego ao restaurante, com vinte minutos de atraso, dou de cara com uma cena que já vivi em dias passados. Uma fulana alta, gostosa e com um decote ridiculamente exagerado está praticamente se oferecendo a Miguel. Ele, por sua vez, corresponde às investidas, todo galanteador. A gota d'água acontece quando eles trocam telefones.

Com um sorriso tirânico e vingativo, penso mil vezes no meu próximo passo. Eu poderia chegar lá e acabar com essa palhaçada num piscar de olhos. Ou, então, simplesmente dar as costas para esse carma de merda e não gastar energia com quem não merece.

A segunda opção é válida.

Sem remorso ou raiva, giro sobre os saltos agulha e saio do restaurante. O manobrista nem guardou meu carro, e seu semblante denota incompreensão. Dou uma gorjeta na mão dele e me despeço, acelerando para bem longe desse tal de Miguel e seus carmas correspondentes.

Chega de ser otária.

86

O DIA NASCEU CHUVOSO E TROVEJANTE, ASSIM COMO O MEU HUMOR. AO TELEFONE, PATTY XINGA MIGUEL DE TODOS OS NOMES POSSÍVEIS E ACHO QUE ALGUNS INVENTADOS. ISSO SE CHAMA LICENÇA POÉTICA, MAS NO CASO É LICENÇA CÁRMICA MESMO. MINHA HISTÓRIA AMOROSA NÃO TEM NADA DE POESIA. É TIPO UMA DANAÇÃO ETERNA.

– Cara, que filho de uma puta manca! Ele teve a chance e desperdiçou! Não acredito!

– Viu? Eu avisei que era carma desde aquele reencontro em Machu Picchu. Gata, as pessoas realmente não mudam – concluo, tristemente. – Enfim, eu já sabia que daria merda, então que se dane.

– Olha, você fez muito bem em virar as costas e se mandar. Aquele cara não merece nem o seu cuspe nas fuças dele. Nem a sua força pra dar uma joelhada nas bolas. Nem os seus ossos da mão quebrados no nariz dele.

– Não é? – Caminho até a sacada do meu apê nem tão pelado, graças ao sofá, que já chegou, e a alguns outros móveis. – Eu quero mais é que ele se foda. Ou melhor: que ele seja muito feliz com alguma baranga de quinta que vai dar a ele seis filhos e muitas contas para pagar.

– Boa.

– Patty, eu vou desistir. – Suspiro, conformada.

– Desistir de quê?

– Dessa coisa de relacionamento. Não é pra mim – explico e nem me sinto uma perdedora.

– Cala a boca ou eu saio do escritório agora pra te espancar.

– Estou falando sério.

– Clara, para com essa babaquice.

– Patty, o interfone está tocando. – Nem está, mas é uma mentirinha de leve. – Preciso atender.

– Não vai escapar da minha fúria insana e eu não ouvi porra nenhuma de interfone tocar!

– Está no modo vibrar.

– Interfones não vibram! – ela urra, descontrolada.

– Tchau, Patty.

– Você não vai escapar ilesa, Clara.

– Também te amo.

87

O DIA DO CASÓRIO CHEGOU.
APESAR DA FALTA DE ANIMAÇÃO ATÉ PARA TOMAR UM BANHO DECENTE, FIZ TUDO COMO MANDA O FIGURINO. BANHO TOMADO, CREMES EM DIA, CABELO ESCOVADO, MAQUIAGEM PRONTA. SÓ FALTA ENTRAR NO VESTIDO E ARREMATAR O VISUAL.

Patty está no meu apê, ainda em dúvida sobre o sapato. Ela comprou dois e agora não sabe qual escolher. Esse é o problema quando temos opções: sempre tememos errar e acabamos nos equivocando. Lei de Murphy, meu brother, meu chapa, meu camarada.

O celular vibra de novo. Patty rosna e eu checo o visor. Miguel. Deve ser a milésima mensagem que ele deixa. Afe, será que não se toca? Vou precisar desenhar?

– Esse Miguel está me dando nos nervos – Patty estressa.

– Nem me fale. – Suspiro pesadamente.

Enquanto coloco os brincos, Patty ainda não se decidiu sobre o sapato. Calça um, depois o outro, na sequência volta para o um.

Olha no espelho, depois olha de novo e, só para irritar, dá mais uma olhadela.

– Escolha o prateado. Ficou lindo com o vestido azul – opino, sem me alterar.

– Mas o cru também é um arraso – ela choraminga.

– Afe, vá com um pé de cada, então – estresso.

– Credo, que mau humor do capeta, filha.

– Mamãe, vamos nos atrasar. Use o uni-duni-tê. Sempre funciona comigo.

Patty finalmente opta pelo prateado. Pegamos nossas bolsas, lançamos um último olhar ao espelho e saímos lindas e saltitantes a caminho da garagem. Como tenho duas vagas, deixei uma para a minha best friend, com direito a controle do portão e tudo. Um baita luxo.

– Eu vou beber todas – lanço, do tipo nem aí com nada.

– E vai sobrar pra mim. – Ela me dá um tapa no ombro.

– Eu sou a ferrada aqui. Posso beber até cair. Você tem namorado agora. Fique na sua e tome só água.

– Ain, o Davi chega amanhã. Não vejo a hora. – Ela dá pulinhos dentro do elevador.

– Gata, não pule. Com a minha sorte, essa porcaria vai despencar trezentos zilhões de andares, vou quebrar todos os ossos e não vou morrer porque o universo quer me ver agonizando.

Ela ri que se mata. Quando o elevador abre as portas e saímos para a garagem, ela para na minha frente e me olha demoradamente. Eu aguardo seu pronunciamento e já sei que lá vem merda.

– Gata, o que é seu ninguém pode tirar.

– Nada é meu – rebato, no maior tédio.

– Como você pode saber? Você não faz ideia do próximo capítulo que a vida está escrevendo. Apenas confie.

– Não quero mais falar sobre isso. – Viro o rosto e seguro as lágrimas.

– Clara, não desista de ser feliz.

– Rá. Felicidade é um estado de espírito, e o meu, pelo visto, foi fazer uma visitinha numa outra galáxia e se perdeu no caminho de volta.

Ela segura o meu queixo com a ponta dos dedos e gira a minha cabeça o suficiente para que nossos olhares se encontrem. De maneira amorosa, ela sorri suavemente e expressa:

– O seu espírito está bem aí, esperando pra viver todas as experiências a que tem direito. O seu papel, madame, é manter esse espírito elevado e nutrido enquanto o homem certo não aparece.

– Adorei o sermão, mamãe. Podemos ir agora?

– Absorva minhas palavras e pare de fazer drama – ela bronqueia.

– Eu tiro você do sério, né? – Dou um sorriso irônico.

– Pra cacete!

– Ótimo. Agora vamos nos divertir.

88

O CASAMENTO ESTÁ EM ANDAMENTO NUM BUFFET MUITO SHOW NO BAIRRO DA VILA OLÍMPIA. A DECORAÇÃO É UM ARRASO E A CERIMÔNIA FOI BELÍSSIMA, COM DIREITO A LÁGRIMAS E MUITAS PALMAS QUANDO AS ALIANÇAS FORAM TROCADAS.

Aliás, no momento das alianças e das juras de amor eterno, Patty tomou minha mão e acariciou meu dedo anelar, dizendo que um dia tudo vai acontecer como eu sempre sonhei. Acho que ela só fala essas coisas para manter minha esperança acesa, porque, quando se apagar de verdade, minha chama vital também vai morrer.

Depois de cumprimentar nossos amigos e desejar uma vida de muitas alegrias, partimos para a pista de dança. O DJ está mandando bala no som techno, e, apesar de um pouco zonza com tanto espumante, nem penso em me sentar ou parar de beber.

A noite vira madrugada. Parei de beber porque Patty me olhou de cara feia. Realmente, eu estava passando dos limites, mas ela concorda que minha falida vida amorosa merece uma comemoração alcoólica.

Antes de o bolo de três andares ser servido, meus amigos sustentam dois lindos buquês nas mãos e chamam todas as solteiras de plantão para a pista. Tento escapar pela tangente, mas Patty não deixa e bloqueia a saída.

– Entre na brincadeira, sua chata – ela resmunga.

– Afe, quero distância de buquê – bufo.

– Quer nada – ela rebate.

– Quero sim – retruco.

– Patrícia e Clara, parem já com a discussão e se posicionem. – Ouço a voz de Bruno no microfone. – Não me façam ter um ataque de pelanca no dia do meu casamento!

– Que merda – murmuro.

– Muito bem, Bruno! – Patty faz um joinha e ele acena de volta.

– Odeio conspirações pelas minhas costas. – Arreganho os dentes e Patty ri.

– Vamos, vai ser divertido. – Ela me puxa e eu deixo. Não tenho mais nada a perder mesmo.

Ambos enrolam para jogar os buquês. De onde estou, dá para perceber que foram confeccionados com botões de rosas bem clarinhas e arrematados com cetim num tom mais escuro.

– É um, é dois e é... três!

Os buquês voam pelo ar em câmera lenta. A mulherada salta e não encontra nada. Vão girando os pescoços para trás e, antes que eu possa me dar conta de mais algum detalhe da cena, um buquê praticamente cai na minha mão e o outro, na mão de Patty.

Bestificadas, nos entreolhamos e caímos na gargalhada. Notamos alguns olhares enviesados, como se a coisa tivesse sido combinada. Nem foi, mas quem as convencerá disso?

– Minhas grandes amigas! – Bruno anuncia no microfone. – Eu realmente espero que esses buquês façam a diferença na vida de vocês. – Ele toma fôlego e continua: – Vocês sabem que os gays são meio bruxos, portanto essas flores estão enfeitiçadas. A partir daqui, tudo pode acontecer. Sejam felizes, minhas amadas!

Então, o DJ recomeça o tum-tum-tum e eu resolvo pegar uma bebida para desanuviar. Patty toma uma taça também, afinal não é todo dia que pegamos buquês de casamento – e ao mesmo tempo.

– Isso foi bizarro. – Olho de Patty para o buquê.

– Que nada, foi muito divertido.

Quando levo a taça à boca, tomo um tremendo susto. Ouço um sussurro quente no ouvido direito e me arrepio da cabeça aos pés:

– Ei, gatinha. Se quiser casar, estou disponível.

Checo a figura de cima a baixo e não sei se começo a rir ou a chorar. A mulher me dá um cartão com seu telefone, pisca para mim e sai rebolando sobre o salto quinze cor de anis.

Ah, puta merda. Com certeza eu chutei o pé da cruz. Só pode!

89

DEPOIS DA CENA TRASH DA CANTADA DE UMA MULHER COM VOZ MASCULINA, O CASAMENTO ACABOU PARA MIM. VIREI A TAÇA DE ESPUMANTE NUM SÓ GOLE E PRATICAMENTE ARRASTEI PATTY PARA FORA DALI. NEM NOS DESPEDIMOS DOS AMIGOS. NÃO TINHA CLIMA. NESSES CASOS, SAIR À FRANCESA É A MELHOR OPÇÃO.

Patty está dirigindo devagar demais. Dou uma rosnada básica e ela ri da minha cara de trouxa. Poxa, uma mulher? Essa foi para detonar de vez comigo. Mal consigo respirar.

– Veja pelo lado positivo. Se você cansar dos homens, as mulheres te querem.

– Ah, vai se ferrar! – esbravejo e olho para o teto do carro. – Poxa, universo, eu te zoei pra caramba, né? Mas, assim, não rola um perdão? Perdoar é divino, sabe? Eu sei que sou motivo de chacota aí em cima e as piadinhas com a minha pessoa são as melhores. Mas, porra... Dá uma aliviada aí.

Patty desata a rir e eu não me contenho: começo a rir também.

A situação é tão esdrúxula, tão absurdamente hilária, que não tem como ficar de cara amarrada até o fim dos tempos.

– Ela era ajeitada. – Lembro da fulana.

– Também achei. – Patty está gargalhando.

– Cara, eu tenho um carma de merda para cumprir.

– Talvez esse tenha sido o desfecho e agora o momento seja de colher os dharmas.

– Rá. Do jeito que o universo me sacaneia, não sei não – retruco.

– O que mais pode acontecer?

– Sei lá. O apocalipse zumbi? Todos morrerem e só eu ficar, tipo aquele filme *Eu sou a lenda*?

– Hum, seria muita sacanagem mesmo.

Ficamos em silêncio deglutindo meu carma sacana. Patty estaciona em frente ao meu prédio e nós ficamos olhando para o nada, sem dizer uma palavra. Finalmente pego no tranco e resolvo que é hora de ir.

– Gata, sua cama ainda não chegou. Vai mesmo dormir naquele colchão duro? Poxa, o meu quarto de hóspedes está com saudade de você.

– Valeu, Patty. Estou tranquila e o colchão que você me emprestou é ótimo.

– Pare de mentir.

– Ok, é uma merda. Mas é o que tem pra hoje.

90

SÃO QUASE TRÊS DA MANHÃ.

DEIXO O BUQUÊ SOBRE A BANCADA DE GRANITO FRIO DA COZINHA. ACARICIO AS PÉTALAS SUAVES, PENSATIVA. NÃO GOSTO DA QUALIDADE DOS PENSAMENTOS QUE SE APRESENTAM E TENTO DESANUVIAR, ABRINDO OS ARMÁRIOS DA COZINHA EM BUSCA DE ALGUMA GORDICE QUE APLAQUE A SOLIDÃO INTERMITENTE E ESSA SENSAÇÃO DE QUE OS CARMAS ME AMAM OU ME ODEIAM, AINDA NÃO DECIDI SOBRE A QUESTÃO.

Revoltada por não encontrar nem uma barra de chocolate para adoçar a vida e essa madrugada insone, resolvo pegar as chaves do carro e procurar um supermercado ou loja de conveniência vinte e quatro horas.

Saio pelas ruas de São Paulo meio sem rumo, puxando pela memória algum estabelecimento que esteja aberto. Duas quadras depois, me lembro de um supermercado próximo.

Rá, está aberto!

Desanimada e pessimista pra cacete, caminho pelos corredores solitários do mercado em busca de porcarias que prometam quilos extras, celulites dessas que doem para sentar e espinhas no rosto.

Opa, esse chocolate tem mais de mil calorias. Venha para o meu carrinho, seu gordo!

Pesco uns pacotes de salgadinhos da gôndola adiante e me dirijo para a área congelante do estabelecimento. Capturo um pote de sorvete de pistache e outro de flocos. Agora preciso de chantili, calda de caramelo e uns bagulhos crocantes para jogar por cima dessa meleca toda.

Encontro tudo no corredor seguinte. Suspiro com pesar ao constatar que são três da madrugada e as pessoas normais provavelmente estão num soninho profundo com suas mulheres, maridos, filhos e o caramba.

Que merda estou fazendo?

Droga, preciso de álcool.

O carrinho desliza de maneira ruidosa pelo supermercado, e eu devo estar parecendo uma louca com essa corrida desvairada em busca de uma garrafa de vinho, uns fardos de cerveja, qualquer coisa que me faça esquecer a merda de carma instalado desde que chutei Rogério, Miguel, Rafael e Miguel de novo.

Entro no corredor das bebidas meio que tremendo, como uma viciada que daria qualquer coisa por mais uma dose. Passo pela vodca, pelo uísque e paro em frente aos vinhos. Lambrusco? Tinto? Branco?

Pego duas garrafas e analiso o teor alcoólico de ambas. Esse Lambrusco não presta. Acabo preferindo o vinho tinto, muito mais negócio. Deposito no carrinho recheado de guloseimas e meu estômago revira ao constatar que estou me sentindo um latão de lixo, já que toda essa comida vai ser jogada dentro de mim nas próximas horas.

– Dia ruim? – alguém pergunta e eu procuro ao redor.

– Oi? – me faço de desentendida só para ganhar tempo.

Antes de dar uma geral no cara parado a poucos centímetros, checo seu carrinho de compras. Está bem colorido, cheio de frutas e coisas saudáveis. Tem até granola e iogurte light, por Deus! Um tanto envergonhada, uso meu pé para dar um empurrão de leve no meu gordo veículo, como que tentando negar a realidade.

– É só TPM ou frustração amorosa? – ele indaga, e isso me incomoda.

– Por que você acha isso? Talvez eu tenha uma penca de filhos – revido e o encaro de cima a baixo.

Ele é alto, largo na medida certa, um tanto malhado, tem as mãos grandes (sempre checo o tamanho das mãos), a barba levemente dourada está por fazer, o cabelo cor de mel faz cachos nas pontas e, então, meus olhos invadem os dele. São de uma cor complicada de definir, entre o castanho-claro e o verde.

– Bom, se você tivesse uma penca de filhos não estaria no supermercado às três da madrugada e vestida como se estivesse voltando de uma festa. Bom, com exceção dos chinelos, claro – ele afirma e sorri de maneira quase angelical.

– Os chinelos eu ganhei na festa de casamento. É tipo uma moda entre os casais descolados. – Faço uma pausa para responder à pergunta principal: – O fato é que não eu estou na TPM e não existe qualquer frustração amorosa porque, simplesmente, não tenho um romance com o qual me frustrar. – Ah, droga, por que não omiti a última parte? Que coisa mais fracassada!

Ele me encara, com o semblante compreensivo. Não é um olhar de pena, nem de julgamento. É um troço que beira a empatia, talvez. Sorrio em resposta, expressando que aceito o que quer que ele esteja pensando nesse momento.

– E você, o que faz no supermercado a esta hora? – indago, interessada.

– O mesmo que você, mas pelo visto estou lidando melhor com a solidão. – Ele aponta para meu carrinho e eu me reprimo por ser uma idiota.

– A solidão não é muito saudável pra mim – murmuro, constrangida.

– Percebi. – Ele tomba a cabeça de lado e se apresenta, tirando um cartão do bolso. – Meu nome é Thiago, sou endocrinologista, acabo de sair de um plantão e meu carrinho de compras reflete que estou bem comigo mesmo. Mas não se sinta mal. A grande maioria das mulheres tem muita dificuldade em lidar com frustrações e acaba descontando na comida e no abuso de álcool.

Enquanto ele está nesse blá-blá-blá de médico, dou uma olhada no cartão. É de bom gosto e tem a logomarca de um spa. No verso, encontro seu nome completo, a profissão que exerce e, ops, o telefone! Ah, caramba, ele me deu o telefone! Mas espere. É só um cartão profissional. Por que estou comemorando?

– Você acha que eu preciso de um endocrinologista? Ou de um spa? Está dizendo que eu estou gorda? – Balanço o cartão com certo desdém e checo minha forma física. Poxa, as roupas estão caindo bem em mim. O que esse cara está querendo dizer?

– Não é isso. – Ele ri, balançando os cachos cor de mel. – Sou sócio do spa que está no cartão, e a inauguração vai ser na semana que vem. Se quiser aparecer por lá, vamos fazer degustações de comidas naturais que são muito mais saborosas do que essas gorduras e açúcares que você está levando pra casa. Já ouviu falar de comfort food?

– Está me convidando pra conhecer o seu spa? – Nossa, Clara, não foi isso o que ele disse? Tá zoada das ideias?

– Se você tiver interesse em mudar de vida, é isso mesmo.

Espere aí. Como assim? O bonitão da mão grande está me fazendo um convite? Isso é um tanto confuso, já que nós acabamos de nos conhecer e ele nem perguntou o meu nome ainda.

– E você ainda não me disse o seu nome. – O médico aguarda e parece ansioso.

Finalmente, hein?

– Clara.

– É um lindo nome. Combina com você.

Isso me cheira a carma. Ou seria um dharma? Espere. Me deixe fazer um mergulho interior bem rapidinho. Talvez meu coração ou a voz interior tenham algo a dizer sobre isso.

Não me vem resposta alguma. A conexão com o meu eu interior não é 4G. Analiso o tal Thiago e ele me parece um cara do bem, como todos os meus ex-namorados. Afe, isso não ajuda em nada.

– É só uma inauguração, Clara – Thiago afirma e eu noto que é para me deixar mais à vontade.

– Claro que é. Sou uma cliente em potencial, certo? – Aponto para meu carrinho caótico com uma expressão depressiva.

– Não cheguei a cogitar essa possibilidade. – Ele franze o cenho, pensativo. – Só achei que seria interessante para você conhecer outras opções mais saudáveis de alimentação em momentos como o que está vivendo. Não precisa responder agora. – Ele soa um tantinho decepcionado. – Você tem o meu cartão com o endereço e o telefone. A inauguração vai ser no dia 6 às oito da noite. Se topar, basta ligar e confirmar presença.

– Ok, vou checar a minha agenda. – Afe, como se eu tivesse muitos compromissos sociais. – Ah, curti o seu carrinho de compras. Foi muito instrutivo pra mim. – Que merda eu disse?

Thiago sorri. E é um riso contagiante, cheio de dentes brancos e bem alinhados. Por um mísero instante eu gostaria de me aproximar e tocar essa barba por fazer, talvez até desferir um beijo nessa bochecha e rolar a língua até essa boca de lábios tão sensuais.

Merda, preciso de um vibrador para ontem.

– Bom, está na minha hora. – Ele checa o relógio de pulso e meneia a cabeça, numa despedida. Toma posição e começa a rolar o carrinho de compras em direção ao caixa. – Tenha uma boa madrugada e cuidado pra não sofrer alguma espécie de coma glicêmico.

– Certo. – Aceno, tristemente. – A gente se vê por aí.

– Espero que sim.

Com uma sensação esquisita, observo quando ele se vai. Cabisbaixa, caminho pelos corredores e não tenho vontade de colocar mais nada dentro do carrinho. Sendo assim, passo minhas compras calóricas pelo caixa. Olho de lado e vejo uma revista de fofocas com o nome Thiago estampado em letras garrafais. Hum, coincidência bizarra.

Pago a compra e, com quatro sacolas nas mãos, me dirijo ao estacionamento. Observo um adesivo num carro parado ao lado do meu: Thiago a bordo. Opa, coincidência número dois.

Chacoalho a cabeça e, quando bato os olhos na placa do meu carro, quase tenho uma síncope. As sacolas de compras caem das minhas mãos, a respiração falha e o meu coração retumba desesperado dentro do peito. As três primeiras letras da placa do meu próprio carro berram: THI.

Puta merda! Acho que o universo está falando comigo. Mas o que ele está querendo dizer? É nesse instante que uma voz vinda de todos os lugares e de lugar nenhum fala dentro de mim: Parabéns, sua louca sem noção. Você encontrou o seu dharma. Aprecie sem moderação e não faça burradas. Namastê.

A história de Clara acaba aqui. A autora prefere deixar o final para cada um imaginar e...

MENTIRA!
TEM
CONTINUAÇÃO!

1

COM UM POTE DE SORVETE EM MÃOS, NÃO CONSIGO LEVAR NEM MAIS UMA COLHERADA À BOCA. MEU ESTÔMAGO ESTÁ FURIOSO E AMEAÇA COLOCAR TUDO PARA FORA SE EU NÃO PARAR DE COMER PORCARIA.

Olho para os lados e vejo pacotes de salgadinhos vazios, duas embalagens de chocolate com resquícios de cacau, um pote de marshmallow pela metade e a garrafa de vinho já era.

Um tanto zonza – mentira, bem bêbada mesmo –, pesco o cartão de visita sobre a mesa de centro recém-adquirida, ao estilo rústico, do jeito que gosto. Aliso a logomarca em alto-relevo e meu estômago para de reclamar, emitindo sinais muito interessantes neste momento. É uma espécie de tremulação, como se a energia estagnada estivesse fluindo de dentro para fora. Isso é bem esquisito, apesar de a sensação ser positiva.

O nome Thiago grita a plenos pulmões e eu não sei o que pensar sobre isso. Estou surtando de vez? Rompendo finalmente a tênue linha da sanidade mental? O universo realmente falou comigo lá no supermercado ou eu sou uma debiloide romântica sem noção?

Deixo o cartão de lado e também o pote de sorvete. Recosto no sofá e fecho os olhos, pensando nos carmas e dharmas da vida. Estou num ponto existencial em que algo precisa mudar, mas não sei identificar quais seriam essas mudanças.

Minha mãe vive dizendo que colhemos aquilo que plantamos. Talvez eu esteja plantando fungos, ou ervas daninhas, quem sabe até não esteja plantando absolutamente nada. A última opção é bem possível, e eu me pego em desespero diante da constatação do crime contra minha própria vida.

Não plantar nada seria um tipo de suicídio, pressuponho.

Há um desconforto interno muito grande, uma desconexão que não faço ideia de como tenha surgido. Puxo na memória as situações mais terríveis pelas quais passei e não consigo identificar o evento exato que me levou a desconectar geral de quem eu verdadeiramente sou e da minha missão neste planeta. Precisa haver uma missão, um motivo. Caso contrário, a vida não faz mesmo o menor sentido.

Resignada, ajeito a bagunça da sala e me arrasto para o quarto. Tiro o vestido de festa e o jogo num canto, sem qualquer cuidado. Desabo no colchão horroroso que Patty me emprestou e o troço balança tanto que me atira no chão, sem a menor cerimônia. Afe, nem o colchão me suporta.

Com cara de quem vai chorar até dormir, peço licença ao colchão e me deito, desculpando-me por existir. Olhe, eu tenho muitos defeitos nesta vida, mas com relação ao drama eu estou de parabéns.

O sono chega sorrateiro tão logo as primeiras lágrimas se formam, e nem penso em discutir com as gotículas de água. Fecho os olhos marejados e permito que Morfeu me carregue para um lugar mais divertido e interessante do que a minha ferrada e cármica vida.

2

O SÁBADO COMEÇA COMO SEMPRE. O SOL SE ESCONDE ATRÁS DA POLUIÇÃO, AS BUZINAS, APESAR DO FIM DE SEMANA, ESTÃO A TODO VAPOR, O MOTOR DO MEU CARRO COMEÇA A FICAR INDIGNADO POR SÓ ANDAR NA PRIMEIRA MARCHA NESSE TRÂNSITO INFERNAL, MINHA DOSE DE CAFEÍNA DIÁRIA NÃO FEZ O EFEITO DESEJADO, O MANTRA QUE ESTÁ ROLANDO NO RÁDIO NÃO ME ACALMA NEM UM POUCO... É UM DÉJÀ VU TÃO IRRITANTE QUE PARECE QUE ESTOU VIVENDO O MESMO DIA TODOS OS DIAS.

Chego ao ateliê por volta das dez da matina. Não tenho um horário fixo de trabalho, ponto para mim. Mas, se eu não produzir, não vendo. E, se não vendo, não recebo. E, se não recebo, não pago as contas. E assim por diante.

Meu ateliê fica na Vila Madalena. É um sobrado bem antigo que foi reformado pelo antigo proprietário. Comprei o imóvel há dois anos, quando meus pais me deram uma boa grana para resolver minha vida profissional. Valeu mesmo, gente.

O sino soa feliz quando entro. Pelo menos alguém está alegre. A vendedora que contratei há cinco meses está se saindo muito bem e me dá um baita sorriso. A loja, que fica na parte da frente do sobrado, está bem arrumada e a vitrine é trocada todas as sextas.

– Bom dia, Luce – cumprimento, forçando um sorriso.

– Bom dia, Clara. Acabei de vender aquele lustre cheio de penduricalhos coloridos. A mulher amou.

– Amou o preço também? – questiono, interessada. – Achei que ia ficar encalhado por séculos.

– Ela é conhecedora de arte, sabe o preço de peças de Murano originais. Pagou à vista os oito mil reais.

– Uau. – Pego a agenda sobre o balcão e pergunto pelo café.

– Acabei de fazer. Está fresquinho.

– Certo. Depois de uma dose cavalar de cafeína a gente conversa.

Na cozinha, com um balde de café fumegante, checo a agenda do dia. Preciso ligar para o artesão responsável pelas peças vintage da loja e, na segunda-feira, cobrar o fornecedor de argila. A entrega está atrasada.

Nesse sabadão de sol poluído, me proponho a terminar de confeccionar uma caixa de bijuterias em que estou enrolando há tempos. Só falta colar o feltro e finalizar com verniz.

Ok, tudo certo no front.

Mando uma mensagem de bom-dia para Patty e sigo para o ateliê, que fica na parte de cima. Jogo a bolsa sobre a mesa de trabalho de forma displicente e respiro fundo, pedindo inspiração ao universo.

Bem-vinda à realidade, Clara.

3

NA HORA DO ALMOÇO E COM A CAIXA DE BIJUTERIAS PRONTA, VASCULHO O YOUTUBE ATRÁS DE UMA ANESTESIA PARA MINHA FRUSTRAÇÃO EXISTENCIAL E UM ÓDIO LATENTE QUE NÃO PARA DE ATORMENTAR. É NESSA BUSCA QUE ENCONTRO UMA PALESTRA SOBRE O DHARMA. O MONGE, COM CARA DE BONZINHO, FALA POR UMA HORA SOBRE O ASSUNTO E EU CAPTO ALGUMAS COISAS BEM INTERESSANTES.

Existem dharmas de vidas anteriores, uma bagagem do bem que pode ser acionada a qualquer momento. Também existem os dharmas da vida diária, aqueles em que os acertos proporcionam bem-estar e nos trazem a mesma energia de volta. É o famoso "gentileza gera gentileza", ou então "amor gera amor", e por aí vai.

O monge também falou bastante sobre as dificuldades que enfrentamos e avisou que, se você mudar a forma de enxergar, a situação também vai mudar. Tudo depende do ponto de vista do observador. Pessoas difíceis podem ser grandes professores para o treino de práticas espirituais como a paciência e o perdão. Ah, cara. Começo a achar que não sou nadinha espiritualizada.

Pensando nisso com profundidade e, paralelamente, cogitando a possibilidade de solicitar um tíquete de saída do planeta Terra, nem percebo quando o telefone toca. Volto para a realidade meio que na porrada e atendo. A voz de Patty toma meus ouvidos:

– Me conte algo de útil. Estou na TPM e à beira de um ataque de nervos – ela suplica. – Gata, estou com um desejo assassino muito doido.

Ela me arranca um sorriso, porque, convenhamos, a Patty na TPM é a maior comédia. Resolvo contar sobre o inusitado encontro da madrugada de ontem, e, sem fazer rodeios, digo, de forma despretensiosa:

– Conheci um cara ontem.

– Oi? Como é? Ontem? Que horas?

– Fui no mercado às três da madrugada. Sabe como é, dar um rolê, comprar porcarias comestíveis, essas coisas.

– Meu Deus, você está fora de controle – minha amiga declara e eu nem discuto a questão. – E eu achando que estava surtando... Clara, você sempre me supera. Conta mais, por favor.

– O cara é endocrinologista e sacou o meu desespero emocional devido ao conteúdo do meu carrinho de compras – confesso.

– Gente! – Ela cai na gargalhada. – E o que aconteceu depois?

– Bom, ele me deu um cartão de um spa. É mole?

Patty ri de se matar e eu nem fico irritada com o fato. Espero que ela se acalme e só então revelo o nome do médico e faço uma breve descrição física. Também conto sobre a inauguração do tal spa e minha vontade insana de aparecer por lá só para dar uma conferida mais de perto.

– Ele te chamou de gorda louca – Patty ironiza. – Gostei desse médico.

– Nem estou gorda e nem sou louca – revido. – Ele pareceu um cara legal, apesar de ter se metido no carrinho de compras alheio. E tem mais: acho que o universo falou comigo.

– Como assim? Gata, não me esconda nada. Estou adorando esse encontro ao acaso na calada da noite.

– Bom, depois que nos esbarramos no supermercado, vi o nome dele três vezes, como um chamariz. – Fico pensativa por um instante. – Não acha muita coincidência?

– Cara, nós sabemos que o acaso não existe – ela diz, firme. – Será um dharma?

– Não faço ideia, mas estou louca e demente e insana para descobrir.

– Ah, Clara, eu também quero ir nessa inauguração. Me convida, me convida, me convida! – Apesar de Patty não estar presente no meu apê, sei que está dando pulinhos afetados como uma adolescente entusiasmada por nada especial.

– E o Davi?

– Noite das meninas. Tenho certeza que ele vai entender – ela garante.

– Bom, tenho que checar se vamos precisar de convite e essas coisas.

– Ele te deu um telefone, certo?

– Certo. – Procuro o cartão dentro da minha zoada bolsa e, após um tempo considerável, encontro. – Vou ligar lá.

– Ótimo – ela comemora. – Noite das meninas e possível dharma, aí vamos nós!

Quer saber o que o destino
reserva para Clara e Patty?

Leia a continuação de

CHUTA QUE É CARMA!